DÍAS EN EL EJÉRCITO

Reuben Cole - Los Primeros Años Libro 2

STUART G. YATES

Traducido por
JOSÉ GREGORIO VÁSQUEZ SALAZAR

CAPÍTULO UNO

staba soñando. De vuelta en el rancho, corriendo por los campos, su madre lo seguía de cerca gritando de alegría para que redujera la velocidad. En todo caso, esto lo animó y estaba corriendo; brazos y piernas moviéndose con fuerza, la cabeza echada hacia atrás, los ojos cerrados, disfrutando del puro placer de estar vivo. No vio el árbol caído hasta que estuvo sobre él; tropezó y cayó de cabeza al suelo. Rodando una y otra vez, la voz preocupada de su madre lo llamaba mientras caía:

—¡Despierta, Cole! ¡Despierta!

Reuben Cole se despertó de un salto y se incorporó, sobresaltado, pero inmediatamente alerta. El rostro grande y alegre del sargento Burnside llenó su línea de visión inmediata. El sargento Burnside, que lo había guiado durante el proceso de alistamiento, ayudándolo a orientarse en el campamento, sonrió ampliamente. Cole había pasado una noche incómoda en un catre improvisado dentro de una gran tienda de campaña.

—Reúne tus cosas, te llevaré a tu habitación del cuartel. Ahí es donde te quedarás de ahora en adelante.

Los dos hombres marcharon por el patio de armas, el sol no era más que una mancha en un amanecer gris brumoso. Cole ya se encontraba temblando en su camisa delgada y raída.

—El intendente te equipará con ropa extra —dijo Burnside, dándole a Cole un vistazo—. Hará un calor abrasador en unas pocas horas, pero estas mañanas de los primeros días son frías, al igual que la noche. Deberías estar siempre preparado, soldado.

Deteniéndose bruscamente ante una larga fila de toscas cabañas de madera, Burnside señaló la entrada de una de ellas.

—Esa es la tuya. Vamos, te llevaré a conocer a tus compañeros.

»Buenos días, caballeros —dijo Burnside, y presentó a Cole a dos tipos de aspecto rudo que descansaban en los escalones de la primera cabaña. Estaban vestidos con ropa de piel de ante y sombreros holgados, con armas atadas a sus caderas—. Estos son Alvin Cairns y Augustus Renshaw —dijo Burnside—. Son de Kansas y son los mejores rastreadores que tenemos. Quédate cerca de ellos y aprende lo que puedas. Así no te equivocarás mucho, Reuben. Créeme.

Esa fue la última vez que Burnside le llamó Reuben. A partir de entonces, sería el soldado Cole, explorador de la Compañía D del $^{10°}$ Regimiento de Infantería de los Estados Unidos, en Pensilvania.

Cole se puso en posición de firme y saludó con rigidez. Burnside sonrió, devolvió el saludo con indiferencia y se marchó.

—Debes caerle bien —dijo Cairns, cortando un trozo de tabaco de mascar de una bolsa que llevaba en la cintura—. Nunca lo he visto tan alegre. ¿No es cierto, Augustus?

—Seguro que sí.

—Consigue algo de comida, joven amigo. Carga tus armas y asegúrate de tener suficiente agua. Tal vez un abrigo o algo para mantenerte caliente. Vamos a dar un paseo.

—Un momento —dijo Cole, rápidamente—. ¿Vamos a dar un paseo? ¿Adónde?

—Pronto lo verás.

—Pero, acabo de llegar. Necesito tiempo para conocer todo y a todos. Además, ¡no podemos irnos de aquí sin decírselo a nadie!

—¿Crees que somos idiotas, chiquillo?

—Sí —agregó Renshaw—, ¿es eso? ¿Crees que somos idiotas?

—Yo nunca he dicho eso —protestó Cole, mirando sus rostros gruñones—. Sólo me estoy asegurando, eso es todo.

—¿Asegurándote? —Cairns se rió, con un sonido chirriante y burlón—. ¿Quién te crees que eres, mequetrefe?

—Sí, ¿quién te crees que eres?

Cole estaba a punto de decir algo, mencionar el punto obvio de que Augustus Renshaw, con su enorme y larguirucho cuerpo, no era más que un eco de su socio Cairns, pero decidió no hacerlo. Estos hombres parecían y eran peligrosos. Cada uno de ellos llevaba un par de Navy Colts y tenían un aspecto canoso. A Cole le pareció claro que estos hombres eran asesinos experimentados, rápidos para la violencia. Burnside había insinuado que Cairns era un hábil rastreador. Renshaw, sin embargo, seguía siendo un misterio. Por un lado, parecía limpio, lo que era raro para cualquier soldado, y más aún para un explorador que pasaba la mayor parte de su tiempo en las llanuras. Tal vez Cole debería preguntar en las barracas, averiguar su reputación y descubrir si eran hombres a los que no se podía contrariar. Hasta entonces, decidió mantener la boca cerrada.

—Recoge tus cosas de tu litera, mequetrefe —dijo Cairns—. Y, en el futuro, haz lo que se te diga. No más cuestionamientos a mi autoridad.

Cole asintió una vez, evitando la gélida mirada de Cairn. Antes de salir, el rastreador escupió una larga línea de jugo de tabaco, que por poco alcanzó a la bota de Cole. Renshaw soltó una risita.

—No quise decir nada con eso —dijo Cole, en voz baja, pensando que era mejor ofrecer algún tipo de explicación.

Renshaw inclinó la cabeza.

—Sólo recoge tus cosas.

—No me gustaría que pensaras mal acerca de mí, maldita sea, lo siento, es lo que estoy tratando de decir.

La mano de Renshaw se movió como un rayo y golpeó a Cole

con fuerza en la mejilla. Cole se tambaleó hacia un lado, el golpe fue tan fuerte que pareció que casi le arrancaba la cabeza.

—No digas palabrotas —dijo Renshaw, y se fue, dejando a Cole agarrándose la cara dolorida, con los ojos húmedos por la conmoción de la agresión.

Al entrar en su barracón, evitó las miradas interrogantes de sus compañeros, la mayoría de los cuales eran jóvenes reclutas como él.

—¿Qué te ha pasado? —preguntó un joven recluta, sentado en su litera junto a la de Cole. Se afanaba en sacar brillo a sus botas, que parecían a punto de deshacerse.

Inconscientemente, Cole se rozó la mejilla con el dorso de la mano. Se sentía caliente al tacto.

—Ah, nada.

—El sargento Burnside guardó tu equipamiento bajo la cama —dijo el recluta. Extendió una mano—. Me llamo Andrew Stamp.

—Encantado de conocerte —dijo Cole, aliviado de encontrar una cara amigable.

Sonriendo, Cole metió la mano bajo su litera y sacó su saco de dormir. Dentro, envuelta en un paño aceitoso, estaba la pistola que su padre le había regalado la mañana en que dejó el rancho. Era un revólver Remington-Beals Army 1858, el orgullo de su padre, y éste insistió en que Reuben se lo llevara en lugar del voluminoso Colt Dragoon que había adquirido.

—Me llevaré este viejo y fiable revólver como respaldo —le había dicho a su padre.

Ahora, agachado, sopesando la Remington en sus manos, sabía que tenía que viajar ligero. Dejó atrás el Dragoon, recogió su manta y su cantimplora y se inclinó hacia Stamp.

—Estaré fuera unos días —dijo.

—¿Acción? ¿Vas a entrar en acción? Maldita sea, eso me da envidia.

—No me preocuparía demasiado por meterme en un lío —intervino otro recluta, un tipo de complexión fuerte que se acercó a ellos—. Escuché de otros compañeros que el ejército perdió muchos compañeros la última vez que los mezclaron con los rebeldes. Dicen que el lugar más seguro para pasar el tiempo durante la guerra es el barracón.

—No estoy seguro de que el coronel esté de acuerdo —dijo Stamp, volviendo a su pulido—. ¿A dónde vas?

Cole se encogió de hombros.

—No lo sé. Mi superior inmediato tiene toda esa información. Yo sólo soy un «mequetrefe», o eso es lo que él me dice.

—¿Es ese Cairns, el rastreador? —preguntó el grande.

—Sí. ¿Lo conoces?

—Sé de él. Lo vi destrozar a dos regulares hace un par de semanas. Ese hombre es malo, malvado y duro como un clavo. Nunca he visto a nadie moverse y dar golpes como lo hizo ese hombre. Dejó a los dos fuera de combate, uno de ellos con la mandíbula rota. Mejor mantener la cabeza baja y hacer lo que él dice.

—Creo que tienes razón —dijo Cole. Les dedicó a ambos una sonrisa de despedida y salió a la luz del sol para buscar la oficina del intendente y elegir un abrigo.

CAPÍTULO DOS

E se primer día no se detuvieron. Andando sin prisa, los tres con las alas de sus sombreros bajadas para protegerse del implacable sol, finalmente acamparon junto a un pequeño arroyo justo cuando la tarde se convertía en noche. Bajo unos sauces, se sentaron y comieron una selección de galletas de maíz y bizcocho duro.

—Haré café por la mañana —dijo Renshaw, pero nadie escuchaba. Agotados por un largo día en la silla de montar, cada uno se acomodó y pronto el único sonido fue el de sus ronquidos —. Supongo que yo también haré la primera guardia —dijo y se lió lentamente un cigarrillo.

A Cole le pareció que apenas había cerrado los ojos cuando unos dedos fuertes e insistentes lo agarraron por el cuello de la camisa y le despertaron.

—Cole —siseó Renshaw—. Tenemos compañía.

Poniéndose en pie, Cole buscó instintivamente su Remington-Beals y susurró:

—¿Quién? ¿Dónde?

—Por allá —dijo Renshaw. No era más que una mancha gris

oscura en la oscuridad de la noche, así que Cole no pudo distinguir su expresión. Sin embargo, no podía disimular la preocupación en su voz.

—¿Has despertado a Cairns?

—Cairns se ha ido.

—¿Se ha ido? —Cole se agarró al brazo de Renshaw y se puso en pie—. ¿Qué quieres decir con que se ha ido?

—Lo que te digo. Me dijo que iba a hacer sus necesidades, sus palabras, no las mías. Al principio no pensé en ello, pero ha estado fuera demasiado tiempo. Entonces, oí caballos. Unos cuantos, creo. Tal vez seis. También los olí. Creo que son rebeldes.

—Augustus, tenemos que salir de aquí. No podemos enfrentarnos a seis o más rebeldes. Ya deben haber eliminado a Cairns. Nos escabulliremos, sin hacer ruido.

—¿De qué demonios estás hablando, cobarde de boca ancha? ¡No voy a dejar a Cairns atrás, de ninguna manera!

Se soltó del agarre de Cole y sacó su propia pistola.

—Corre si quieres, bastardo, pero yo no me iré a ninguna parte hasta que haya encontrado a Cairns.

—No voy a huir a ninguna parte, maldita sea. Lo que quiero decir es que deberíamos volver al campamento y conseguir más hombres.

—¡Dije que no maldigas!

La mano volvió a aparecer, pero esta vez Cole estaba preparado. Bloqueó el golpe con su brazo izquierdo y, con el otro, clavó el cañón de su pistola bajo la barbilla de Renshaw.

—Si vuelves a intentar eso, te volaré la maldita cabeza.

Los ojos de Renshaw brillaron blancos en la penumbra.

—Más vale que lo digas en serio, mequetrefe, o te haré lo mismo.

Cole sintió la pistola de Renshaw clavarse en su cintura. Gimió.

—No soy el pusilánime que crees que soy, te lo prometo.

Arreglaremos esto después, cuando hayamos encontrado a Cairns.

—Está bien, pero lo solucionaremos, te lo prometo.

La presión en su estómago se alivió cuando Renshaw se retiró. Cole gruñó y dejó caer su arma en la funda.

—Viendo que no vas a hacer lo más sensato, vamos a intentar averiguar de qué dirección vienen esos jinetes, luego los flanquearemos y veremos si podemos igualar un poco las probabilidades.

Se escabulleron silenciosamente en la oscuridad. En un par de docenas de pasos, Cole había perdido a Renshaw en la noche, y su figura se confundía entre los árboles circundantes. Arrodillado, cerró los ojos y se esforzó por adaptarlos a la oscuridad. Cuando los abrió de nuevo, pudo distinguir un poco más, pero no mucho. Sin embargo, el olor a sudor de caballo y a cuero estaba más cerca que antes. Distinguió unas rocas y se agachó detrás de ellas, pistola en mano.

Los jinetes aparecieron como fantasmas, jinetes vestidos de gris que avanzaban con extremo cuidado. Cole distinguió sus sombreros, las carabinas que llevaban en los brazos y luego, a medida que se acercaban, sus voces.

—Te dije que estaban aquí. Ya no están lejos.

Cole frunció el ceño, esforzándose por escuchar.

—Tenemos que encontrarlos —dijo uno con acento tejano—. Si informan de que han encontrado nuestro campamento, se acabarán nuestros planes.

—Los encontraremos. Si conozco a Augustus, estará profundamente dormido soñando con la comida casera de su madre.

Algunos de los hombres se rieron.

Cole se apartó rodando, apretando la espalda contra la roca, y casi gritó su frustración. Era Cairns. Estaba dirigiendo a esos rebeldes hacia Cole y Renshaw, para matarlos a ambos antes de que tuvieran la oportunidad de descubrir algo sobre el paradero de los rebeldes. No había otros exploradores en el campamento y, después de deshacerse de Cole y Renshaw, siendo Cairns el único, podría llevar a las tropas de la Unión a un baile alegre. Mientras tanto, los rebeldes maniobrarían en su retaguardia y se perderían todos los planes del general McClellan para derrotar a los confederados en torno al río Rappahannock. Estaba claro, al menos para Cole, que el único camino que quedaba era volver al campamento y avisar a los demás. Sin embargo, persuadir a Renshaw podría ser la parte más difícil. El hombre parecía tener un apego antinatural a Cairns, más como un perro cariñoso que como un compañero de ruta. ¿Quizás había algo en su pasado común que les hacía estar tan unidos? ¿Acaso Cairns le había salvado la vida, lo había sacado de algún apuro, se había asegurado de que continuara con su papel de explorador del ejército cuando Renshaw parecía tener las habilidades más limitadas? Tenía que haber algo.

Antes de que Cole pudiera llegar a una conclusión significativa, el crujido de la maleza pisoteada le hizo incorporarse. Sacó y amartilló lentamente su revólver. Entrecerró los ojos en la noche, sin atreverse a respirar. Debían de haberse enterado de su presencia. Tragándose el miedo, ya que sabía sin lugar a dudas que si lo atrapaban, lo matarían, Cole se preparó para disparar.

—¿Cole? Maldita sea, ¿dónde estás?

Cole dejó escapar un largo suspiro. Era Renshaw que se revolvía en la oscuridad.

—Aquí —siseó—. Y, por el amor de Dios, baja la voz.

Renshaw se arrastró más cerca, respirando con dificultad.

—Pensé que nunca te encontraría. —Se aplastó contra la roca —. Se han movido, así que no te preocupes. Creo que se dirigen a nuestro campamento. No sé cómo ellos...

—Augustus, tienes que escucharme. Lo que voy a decirte te va a sorprender.

—¿Qué? ¿Quieres decir sobre Cairns?

Cole sintió que el corazón le daba un vuelco. Se echó hacia atrás sorprendido.

—¿Quieres decir que *lo sabes*?

—¡Claro que lo sé, idiota! No estaba seguro de ti, no hasta ahora, por eso he tenido que mantener esta farsa de tonto del bosque. Soy lo que en círculos educados se denomina un espía.

—¿Un espía? ¿Quieres decir que...?

—Quiero decir que trabajo encubierto para el gobierno federal. Hace tiempo que sabemos que hay infiltrados rebeldes trabajando detrás de nuestras líneas, reuniendo información sobre los planes del General de División para burlar al General Johnston. Cairns es parte de esa red, y ahora tengo la prueba.

—¿Vamos a capturarlo?

—Cole, no es el tipo de hombre que se toma prisionero, no sin luchar. No, mi trabajo es matarlo y luego atrapar a los demás lo mejor que pueda. Los que lo acompañan, y el resto que está en el campamento.

—¡Pero, no puedes matarlo, Augustus! Eso equivale a un asesinato.

—¿Qué eres tú, Cole, un predicador dominguero o qué? Sé que eres joven, así que tendré en cuenta tu opinión por eso, pero ¡estamos luchando en una guerra! Utilizaremos *cualquier* medio disponible para socavar y derrotar a nuestro enemigo.

—¿Incluyendo el asesinato?

—¡Incluyendo *lo que sea necesario*! Ahora, vamos. Si somos rápidos, podemos flanquearlos y hacerles caer tal fuego que creerán que toda una compañía está asaltando sus lamentables traseros.

CAPÍTULO TRES

Los jinetes encendieron antorchas mientras buscaban infructuosamente los restos del campamento de Cole y Renshaw. A través de la penumbra, se oía claramente el sonido de sus voces frustradas, con la voz de Cairn instándoles y tranquilizándoles constantemente. Mientras escuchaban, la mano de Renshaw se aferró alrededor del antebrazo de Cole, agarrándolo con fuerza.

—Maldita sea, odio a ese hombre.

—No maldigas, Augustus.

Cole escuchó la violenta inhalación. Su compañero no apreció su sarcasmo.

—Cierra la boca, mequetrefe, porque no tienes gracia. Concéntrate y sé serio. Esas antorchas encendidas han iluminado muy bien su posición. Podemos rodearlos fácilmente. Me moveré hacia su retaguardia mientras tú tomas una posición en su flanco. En cuanto abra fuego, haces lo mismo.

—¿Crees que es la mejor manera, Augustus? Hay media docena de ellos, y creo que son bastante buenos en lo que hacen: matar.

—Mi objetivo es poner a Cairns en el suelo, mequetrefe. Haz lo que te digo y todo irá bien. Tengo un par de Navy Colts que me servirán bastante bien. Dejé mi Henry en nuestro campamento. Si tengo la oportunidad, volveré a buscarlo. Si toman nuestros caballos, estamos condenados.

—Yo también tengo una carabina en el campamento. Deberíamos haber esperado, hacer un puesto allí.

—Siempre eres más sabio después de los hechos, ¿no es así, mequetrefe? —Carraspeó y escupió al suelo—. Hagamos esto. Recuerda, espera mi señal.

Con eso, desapareció en la noche, moviéndose con sorprendente agilidad. Al verlo marchar, Cole sintió que se le revolvía el estómago y que el sudor le recorría la frente. Cuando comprobó la carga de la Remington, las manos le temblaban incontrolablemente. La situación le recordaba lo ocurrido cuando él y Henderson, el guardaespaldas de su padre en esos primeros años, se enfrentaron a un grupo de asesinos. Aquel día les fue mal. ¿Sería lo mismo ahora? No tenía forma de saberlo, así que se sentó y trató de calmar sus nervios... De concentrarse en cosas más agradables. Nada de eso funcionó. Cuanto más tiempo estaba sentado, más se le revolvía el estómago. La bilis le subió a la garganta y, por un momento, pensó que se pondría enfermo. Al tragarla, reprimió una tos, se puso de pie y se movió en lo que esperaba fuera una dirección paralela a la de los jinetes.

A los pocos pasos, quedó claro que corría el riesgo de perder el rumbo. Las antorchas encendidas se desvanecieron en la distancia, y el olor de los caballos y el constante parloteo de los jinetes se convirtieron en nada más que un recuerdo. Sus ojos, vacilantes, iban de un lado a otro. El pánico se apoderó de él, y cuanto más buscaba y fallaba, más desesperado estaba. Emprendió una carrera desenfrenada y mal dirigida, saltando por encima de los árboles y las rocas caídas, caminando despreocupadamente por la maleza, mientras se esforzaba por oír pero no captaba nada.

Al salir de una maraña de arbustos y árboles más pequeños, se detuvo, con los ojos muy abiertos, haciendo todo lo posible por captar cualquier detalle. Se dio cuenta de su estupidez demasiado tarde. No era de extrañar que ya no pudiera ver las antorchas. Todos los jinetes, menos uno estaban desmontados y las habían apagado en algún momento. Ahora, estaban de pie, con sus armas de mano preparadas y listas, apuntando a Cole mientras éste entraba a tientas en el claro. El cielo moteado de estrellas le permitió ver los detalles. De todos ellos, el único hombre que acaparaba toda su atención estaba sentado en su caballo, con las manos en el pomo, riendo sin poder evitarlo.

—¡Dios todopoderoso, si es el mequetrefe! Agárrenlo chicos, pero tengan cuidado, ¡ese sí es un gato salvaje! —Más carcajadas acompañaron sus palabras, y Cole sintió que se hundía en un pozo abierto de desesperación.

Unas manos ásperas lo agarraron y lo arrastraron por los matorrales hasta su antiguo campamento. Lo arrojaron al suelo, uno de los hombres sostenía la Remington de Cole en alto.

—Vaya, esto es una belleza. —Silbó como un pájaro, para diversión de sus compañeros—. Lo tomaré como mi trofeo.

Tumbado de espaldas y apoyado en los codos, Cole los observó con disgusto mientras llevaban sus caballos a los árboles y los aseguraban allí. El último en entrar fue Cairns, que se deslizó ociosamente de su montura y se paseó hacia donde estaba Cole. Sus dientes brillaban blancos en la noche que se retiraba poco a poco. Dentro de una hora, calculó Cole, el amanecer convertiría el cielo nocturno en gris, y un nuevo día traería consigo toda una serie de nuevos problemas. Si Renshaw hiciera su jugada, tal vez la balanza podría inclinarse.

—Bueno, bueno, mequetrefe. Me alegro de verte de nuevo.

Cole se puso en pie, quitándose inconscientemente el polvo de los pantalones.

—Al diablo contigo, Cairns. De la nada, uno de los rebeldes se abalanzó sobre Cole y le asestó un puñetazo en la mandíbula, tirándolo al suelo, donde se retorció, agarrándose la cara, con el dolor ardiendo como si estuviera en llamas.

—Cierra la boca, muchacho —escupió el rebelde—. ¡El único traidor aquí eres tú!

—Tranquilo, Mal —dijo Cairns, agachándose—. Es un niño que está aprendiendo lo que puede sobre la naturaleza. No entiende los caminos de los hombres ni de la guerra.

—Eso no es razón para ir soltando mentiras e inexactitudes, Cairns. Vamos a colgarlo.

—No, no, esperemos un poco, Mal. Chico, ¿dónde está Augustus?

Lo golpearon cuando no respondió, dos de los otros lo sujetaron entre ellos, un tercero le golpeó las tripas, las costillas y la cara con puños enfundados en guantes de cuero. Varios de los golpes fueron asestados con tal fuerza que casi derribaron a Cole, a pesar de los hombres que lo sujetaban. Su boca se llenó de sangre, los dientes crujieron, los ojos se hundieron en la carne que se hinchaba rápidamente. Sus pómulos gritaban con la agonía creada por tantos golpes bien dados. En algún lugar de su mente revuelta, recordó la paliza que le había dado Jess, uno de los vaqueros de su padre. Esto era mucho peor.

—Muy bien —oyó decir a Cairns desde la distancia—. No va a contar. Dejen que se vaya.

Los hombres lo soltaron debidamente, y la siguiente sensación que invadió a Cole fue el sabor amargo y seco de la tierra dura en su boca mientras caía de cabeza al suelo, sin fuerzas. Pero, no su resistencia. Estaba condenado si les decía algo. A través de la niebla roja que se arremolinaba ante sus ojos, fue vagamente consciente de los pies que se movían a su alrededor, de los gritos estridentes y del que se llamaba Mal gritando:

—¡Vamos a colgarlo!

Era como si hubiera entrado en un sueño. Era consciente de que unos hombres lo levantaban, le ataban las muñecas a la espalda y lo subían a lomos de un caballo. Había muchos gritos y risas, y tal vez era la figura de Cairns de pie frente a él, con los brazos cruzados sobre el pecho, esa risa burlona tan reconocible. Pero ya no le importaba. Su cuerpo estaba inundado de dolor, sus sentidos destrozados. Lo único que anhelaba era dormir, el bendito descanso, el fin de la ignominia de una derrota así.

Se despertó de repente cuando le pusieron la cuerda alrededor del cuello, las ásperas fibras le cortaron el cuello, y pataleó y luchó. Todo era inútil, por supuesto. No había escapatoria, la inevitabilidad de su espantoso destino le atenazaba con un terror indescriptible. Su joven vida, apenas comenzada, se extinguía al final de una cuerda... Linchado. Ni siquiera la moral de un juicio. Sólo para colgarse de la rama de un árbol solo, olvidado, presa fácil para los cuervos. Se quejó de la injusticia. Febrilmente, se retorcía, tiraba y retorcía su cuerpo en intentos cada vez más inútiles de liberarse. Todos sus esfuerzos fueron inútiles y gritó:

—¡Villanos, asesinos! Pagarán por esto, todos ustedes. En los fuegos del infierno, pagarán...

—Cállate, muchacho —espetó Cairns, y levantó su pistola—. Da los buenos días a tu creador. —Bajó el martillo de su pistola preparándose para disparar y hacer que el caballo de Cole galopara hacia adelante.

CAPÍTULO CUATRO

Desde su posición ventajosa, a unos pasos de distancia, Renshaw se encontraba entre un espeso grupo de aulagas. Había conseguido rodear al grupo y había recuperado su Henry. Ahora tenía a los hombres en su punto de mira, el cielo que se aclaraba rápidamente le permitía distinguir al grupo con mucha más claridad de lo que habría sido el caso apenas diez minutos antes. Observó todo... La forma en que golpeaban a Cole, cómo aguantaba y no pronunciaba una sola palabra a pesar de la saña de los golpes. El chico tenía arena, de eso no cabía duda. No merecía morir así, colgado de una cuerda al final de un linchamiento.

Cuando Cairns levantó su pistola, Renshaw tomó aire y entrecerró los ojos por el cañón de su rifle. El revólver estalló, el caballo se desbocó y Cole comenzó su grotesca danza de la muerte. Renshaw apuntó con cuidado y disparó.

El único disparo cortó la cuerda que sostenía a Cole, que cayó en picado al suelo, con las piernas de goma desplomándose bajo él.

Estaba tumbado en el suelo, sin darse cuenta de nada. Voces. Disparos. Caballos corcoveando, relinchando. Todo una confusión de ruido sin sustancia real. El pandemónium, en otras palabras. Sus sentidos luchaban para intentar ganar un poco de conciencia. Su cuerpo estaba lleno de dolor, especialmente la mandíbula, que creía rota. El único pensamiento que registró con alguna sustancia fue uno simple, pero enorme en sus implicaciones: ¡estaba vivo!

Con sus sentidos recuperándose, aunque lentamente, sabía que debía encontrar su arma. Pero, ¿dónde buscar? A su alrededor, los hombres se agitaban y perdían disparos en la maleza circundante. A estas alturas de la mañana, el sol ya era abrasador y la visibilidad era buena, salvo que nadie parecía saber de dónde procedían los disparos. A Cole le pareció que quienquiera que atacara al grupo de hombres sabía exactamente lo que estaba haciendo, siempre moviéndose, disparando, y luego desapareciendo a cubierto.

Uno de los jinetes levantó los brazos y cayó de espaldas sobre un grupo de rocas, completamente muerto. Mientras se deslizaba por el suelo, Cole aprovechó su oportunidad y consiguió balancearse hasta el cadáver. Desesperado, tomó el revólver del muerto y se giró justo a tiempo para ver a Cairns, con la cara llena de furia, apuntándole directamente.

Cole se lanzó a un lado justo antes de que dos balas chocaran contra la roca y rebotaran. Rodó una y otra vez, haciendo todo lo posible por mantenerse en movimiento, pero Cairns también se movía, abanicando su revólver mientras lo hacía. Las balas pasaron volando inofensivamente, lo que dio a Cole tiempo suficiente para levantarse sobre una rodilla, apuntar con cuidado y disparar a Cairns en la pierna. Éste graznó y cayó, agarrándose la herida y la sangre pulsante que le corría por los dedos.

Más disparos. Otro de los jinetes cayó. Varios hombres gritaron. Cole se agachó de nuevo detrás de la roca y soltó otra bala, alcanzando a un jinete en el hombro derecho. El arma cayó de la mano entumecida del hombre y éste se dejó caer, con las manos juntas, suplicando por su vida. Sus compañeros se retiraban lentamente, disparando desordenadamente en todas direcciones, con el hedor de la cordita en el aire y nubes de humo de pólvora negra golpeando la parte posterior de la garganta. En aquella pequeña y contenida zona, no parecía haber respiro del caos que les rodeaba.

De repente, los jinetes restantes se dieron a la fuga, abriéndose paso entre los árboles para encontrar sus caballos. Cole se desplomó sobre su espalda y los observó retirarse. Sólo quedaba el jinete herido, con los ojos llenos de lágrimas, la boca temblorosa...

—Por favor, por el amor de Dios...

Ignorándolo, Cole revisó su pistola y la encontró vacía. La tiró con disgusto y estaba a punto de ir en busca de otra cuando Renshaw salió de su escondite, limpiando metódicamente una de sus Colts Navy. Se acercó al jinete arrodillado y sacudió la cabeza.

—Chico, tienes que dejar de quejarte.

Con una calma infinita, Renshaw volvió a recargar su pistola, dio un giro extravagante al cilindro y disparó en la cabeza al tembloroso jinete sin siquiera pestañear.

Cole se quedó boquiabierto, sin poder encontrar fuerzas para moverse o hablar.

Ignorándolo, Renshaw miró alrededor de los restos del campamento.

—¿Dónde está Cairns?

Aunque hubiera querido, Cole no tuvo fuerzas para hablar. Renshaw había asesinado a sangre fría al jinete, un hombre que claramente se había rendido. Todas las reglas de la guerra le decían que si un combatiente se rendía, debía ser tomado como prisionero. Lo que Renshaw había hecho le produjo un nudo de asco y rabia en las tripas.

—Bastardo —siseó Cole, poniéndose en pie.

El puño de Renshaw estalló en su cara, lanzándolo hacia atrás. Cayó al suelo con un golpe seco y desconcertante, y se quedó allí aturdido.

—Cuida tu boca, muchacho. Te he hecho una pregunta: ¿dónde está Cairns?

Apoyándose en los codos, Cole aspiró un hilillo de sangre de su nariz, carraspeó y lo escupió.

—Le disparé. Creo que se ha escapado.

—Bueno, ¿no es eso genial, idiota? Todo esto era para llevarlo a la justicia, y tú, inútil pedazo de estiércol de vaca, lo dejas ir. —Sacudiendo la cabeza, Renshaw se puso a buscar en el campamento cualquier cosa que pudiera salvar—. Necesitamos nuestros caballos —murmuró para sí mismo—. Tenemos un largo viaje de vuelta al campamento, y si no encontramos esos caballos, nos llevará semanas. ¿Me oyes, muchacho? *Semanas.*

Cole se levantó y dejó que sus ojos se posaran en el jinete muerto.

—¿Por qué lo mataste?

—Era un rebelde. Estaba aquí para matarnos.

—Pero, se había rendido, ¡malditos sean tus ojos!

Una sombra negra se posó en el rostro de Renshaw.

—Sigue hablando así, muchacho, y la próxima bala que dispare irá directa a tu corazón.

—¿Otro asesinato?

—Nadie cuestionará el hecho de que hayas muerto bajo el fuego enemigo, así que sigue hablando y pronto estarás allí acurrucándote bien con tu nuevo amigo.

Cole estaba a punto de hablar cuando notó que Renshaw apretaba la culata de su revólver. Respirando profundamente, decidió no hacer más comentarios. Además, se sentía fatal. El martilleo en su cabeza por haber recibido tantos golpes era casi insoportable. En el frenesí del tiroteo, había olvidado la paliza que había recibido. Ahora, con la paz por fin instalada, sus nervios destrozados no tenían nada en lo que concentrarse, salvo el dolor que le envolvía.

—Tenemos que encontrar los caballos. Así que, pongámonos en marcha.

Cole, presionando su mano contra la frente, echó otra mirada hacia el jinete muerto, se agachó, recogió el revólver del hombre y siguió a regañadientes a Renshaw hacia los árboles.

CAPÍTULO CINCO

Tras varias horas de búsqueda, encontraron a sus caballos junto a un arroyo pastando tranquilamente en unos parches de hierba exuberante. Parecían estar ilesos de su calvario, pero no Cole. A estas alturas, la paliza que había recibido anteriormente empezaba a causarle un gran malestar. Durante el furioso tiroteo, todo su dolor había quedado relegado a un segundo plano, pero ahora, volviendo a la normalidad, el agotamiento lo abrumaba. La sangre le salía por la nariz y la boca, y el esfuerzo de subirse a la silla de montar le provocó tal oleada de dolor que estuvo a punto de vomitar.

—Chico —dijo Renshaw, sacudiendo la cabeza y riéndose para sí mismo—, tienes que buscarte un poco más de esa arena que creía que poseías. Me parece que la matanza por piedad te ha ablandado.

Inclinándose sobre el pomo, Cole le lanzó una mirada despiadada.

—Malditos sean tus ojos, Renshaw. Eso no fue un asesinato piadoso. Eso fue un asesinato, puro y simple.

—Si dices algo de eso en el campamento, te mataré. ¿Me entiendes, muchacho?

En todo caso, el término «muchacho» irritó a Cole más que

el de «mequetrefe», pero de nuevo se guardó sus pensamientos. Renshaw estaba de un humor peligroso. Esperaba que, si se lo tomaba con calma, podría sobrevivir hasta el campamento. Entonces, tal vez, podría recibir algo de consuelo y cuidados del cirujano del ejército. Eso esperaba. Pero, mientras Renshaw espoleaba a su caballo y lo ponía al galope, dudaba que esa esperanza pronto se hiciera realidad. Renshaw se preocupaba por una cosa y sólo por una cosa: él mismo. Cole pensó que debía haber una recompensa por la cabeza de Cairns. Eso explicaría el deseo casi fanático del hombre de ver a Cairns muerto. Era algo que Cole tendría que comprobar cuando estuviera lo suficientemente bien. Ahora mismo, el pensamiento más apremiante era cómo montar sin dolor. Estaba seguro de que tenía las costillas rotas. Había oído decir a algunos de los hombres, que a menudo una lesión así provocaba una hemorragia en el interior, y la idea le aterrorizaba.

—Chico —dijo la voz de Renshaw mientras frenaba su caballo y se volteaba en la silla para estudiar a su joven compañero—, no te estoy esperando. Sigue el ritmo o te dejaré atrás.

Cole ya no tenía fuerzas ni ganas de responder. Lo último que percibió fue a Renshaw partiendo al galope, dejándolo a su suerte. Con el sol en la espalda, se aferró a las crines de su caballo y rezó para llegar al campamento en una sola pieza.

Recuerda que agua fría salpicándole la boca.

Una voz tranquila y preocupada preguntándole su nombre.

Una voz de mujer; más tarde, un hombre, y unas manos que lo levantan. De alguna manera, les pregunta quiénes son, dónde está. Las respuestas son masculladas, nada definitivo. No le importa. Deja que quien sea lo lleve a donde quiera.

Hay una cara. Una cara grande y fornida, con una sonrisa. ¿Por qué está sonriendo?

—Cole —viene la voz desde cientos de kilómetros de distancia—, Cole, eres un individuo duro, tengo que admitirlo.

Es Burnside. Tiene que ser Burnside, el hombre que lo reclutó hace tanto tiempo. Intenta concentrarse en el recuerdo, para tener algo a lo que aferrarse, para reconocerlo. Pero, entonces, el mundo retrocede una vez más, y él se desliza en el suave y acogedor abrazo de la inconsciencia.

Cree que huele algo medicinal. A limpio. Sábanas crujientes. Una almohada profunda y suave. Alguien le está lavando la frente. ¿Qué es ese olor? Es algo entre dulce y algo que solía percibir mientras estaba sentado al lado de su madre mientras ella se aferraba a la vida.

—¿Reuben? *Cole,* ¿estás ahí?

Abre los ojos con un parpadeo. El rostro amable y ansioso de un hombre que nunca ha visto antes llena su visión. Un hombre en camisa con mangas, con los tirantes gruesos sobre los hombros, pero no tan gruesos como el gran bigote que luce con evidente orgullo, lo mira. Sonríe y se mete un puro en la boca.

—Bueno, buenos días para ti, Reuben. ¿Cómo te sientes?

—Como si me hubiera atropellado una locomotora de vapor. —Cole se pasó el antebrazo por los ojos para bloquear las luces brillantes de la habitación—. ¿Dónde estoy?

—Estás de vuelta en el campamento. No sé cómo lo hiciste, pero te las arreglaste para volver aquí. Eres una maravilla, jovencito.

—No recuerdo mucho, pero creo que es mi caballo el que debería llevarse el mérito.

—No me sorprende que tengas la memoria estropeada. Te han dado una buena paliza, Reuben, y necesitarás descansar un par de días, pero no hay nada que ponga en peligro tu vida.

Reuben intentó moverse, pero el dolor alrededor de su cuerpo era demasiado grande. Al esforzarse por mirar, notó el vendaje alrededor de su pecho, tan apretado que apenas podía respirar.

—Tienes un par de costillas fracturadas. Tu nariz y tu mandíbula no están rotas, así que tienes suerte, ¡mantendrás tu buen aspecto!

Se rió, pero Cole no pudo unirse. En su lugar, gimió y se estremeció. Cuanto más consciente se volvía, más molestias sentía.

Se esforzó por dormir.

Durante los días siguientes, descansó. Alrededor de él, el camillero ocasionalmente revoloteaba, trayéndole sopa, su mandíbula estaba demasiado hinchada para que pudiera masticar sólidos y bebidas. A la cuarta mañana, con mucho ánimo por parte del médico del ejército, se sentó, se atendió, se lavó e intentó algunos ejercicios de estiramiento tentativos.

Desde la puerta, una joven de no más de quince años lo estudió, con una sonrisa pícara en su bonita cara.

—Penny, sal de aquí —dijo el doctor al notar su presencia.

—Ah, papá, no estoy haciendo nada.

—Lo sé, por eso quiero que te vayas. Ahora, vete, sal de aquí. El pobre chico necesita descansar.

—No parece pobre desde donde estoy parada. Se ve muy bien.

Cole se rió.

—No me siento tan bien, señorita.

—Puedes llamarme Penny. Todo el mundo lo hace.

Con eso, la paciencia del doctor se rompió, y la sacó a empujones de la puerta y la cerró tras ella con un sonoro golpe.

—Igual que su madre, nunca hace lo que se le dice.

—Es bueno ver una cara bonita, doc.

—¿Oh? ¿Te sientes mejor?

—Un poco. Creo. Déjeme ver... —Intentó otro estiramiento y se estremeció cuando una sacudida de dolor recorrió su cuerpo.

—Esas costillas tardarán un tiempo en curarse por completo —explicó el médico mientras Cole, respirando con precaución, se levantaba lentamente de la cama. Esperó, preparándose para una nueva puñalada de dolor, pero cuando ésta no llegó, empezó a moverse por la estrecha habitación, tanteando de un mueble para apoyarse. Estaba dispuesto a hacer lo que fuera necesario para devolver la maniobrabilidad a sus extremidades—. Tienes que tener paciencia, Reuben. Eres joven y estás sano, así que te recuperarás pronto. Pero no te esfuerces demasiado. Tienes dos costillas rotas. El hombre que te golpeó debe haber sido un boxeador bastante bueno, diría yo.

—Es un asesino... —Se tragó las palabras, sacudió la cabeza y se desplomó en el borde de la cama.

Llamaron a la puerta y entró un joven cabo que se puso firme.

—Lamento molestarlo, señor, pero el Coronel desea hablar con Cole en sus aposentos tan pronto como sea conveniente.

—Es muy amable de su parte —murmuró el cirujano—. ¿Te animas a cruzar a los aposentos del Coronel, Reuben?

—Creo que sí. Lo intentaré de todos modos.

El médico sonrió.

—¡Buen hombre! Muy bien, cabo. Tenga la amabilidad de informar al coronel de que Reuben Cole acudirá en la próxima media hora más o menos.

El cabo saludó de nuevo, giró sobre sus talones y se fue. El médico fue a seguirlo.

—Quiero agradecerle, señor. Por todo lo que ha hecho.

En la puerta, el médico sonrió, con la mandíbula ligeramente enrojecida.

—Ni lo menciones. Tienes suerte de haber venido cuando lo hiciste, porque dentro de unos días el ejército se pondrá en marcha de nuevo y creo que va a haber una lucha seria con los rebeldes. Se rumorea que tienen un nuevo comandante en jefe, que no sólo es un viejo y duro hombre, sino un maldito buen soldado. Se llama Lee, o eso tengo entendido. Reemplaza a Johnston, que fue herido en Fair Oakes. Las cosas se van a poner muy difíciles, jovencito. Y, nada de eso se va a calmar hasta que todo este maldito lío termine.

. . .

Habían construido el fuerte temporal con rapidez y eso se notaba. Las paredes de madera ya estaban deformadas y algunas estaban a punto de derrumbarse. Hacía falta un hombre valiente para subir la escalera toscamente tallada hasta la cima de la única torre de vigilancia. Abajo, a dos lados del patio de armas, había edificios bajos, verandas sostenidas por postes tambaleantes, pero la estructura más sólida era donde el coronel tenía sus aposentos. En una habitación dentro de ésta, Cole encontró a su oficial al mando estudiando detenidamente un gran mapa de campaña colocado sobre su escritorio. Otros oficiales lo flanqueaban. Todos parecían serios mientras Cole hacía lo posible por saludar. Se sentía muy cohibido con sus ropas de explorador rotas y andrajosas y su incapacidad para mantenerse erguido. Sin embargo, el coronel, al levantar la vista y estudiar al joven explorador, no pareció darse cuenta. En cambio, sonrió y se acercó rodeando la mesa con la mano extendida.

—¡Reuben Cole! ¡Encantado de conocerte, jovencito!

Le dio la mano a un incrédulo Cole.

—No parezcas tan sorprendido. Lo que has hecho en los últimos días, hijo, es increíble. ¿Cuántos años tienes?

Cole tuvo que evitar soltar la verdad. En su lugar, dijo débilmente:

—Dieciocho, señor.

—¿Dieciocho? —Arqueó una sola ceja—. Bueno, bueno... Caballeros, este es el espíritu de nuestra Unión. ¡Jóvenes dispuestos a arriesgar sus vidas para mantener nuestro glorioso país unido!

Los otros oficiales se unieron con una colección de felicitaciones y palabras de elogio. Cole se quedó allí, con el calor subiendo por la cara, y deseó darse la vuelta y salir corriendo. En lugar de eso, se las arregló para murmurar algunos agradecimientos.

—¿Quieres decir algo, hijo?

—Sí, señor.

—Bien. Danebridge, trae una silla.

Uno de los agentes tomó rápidamente una silla de tapa dura cercana y se la acercó a Cole, que se sentó con todo el cuidado que pudo, haciendo una mueca de dolor que le atravesaba las costillas.

Mirándolo con interés, el coronel se apoyó en la mesa y se cruzó de brazos.

—Cairns nos organizó un baile alegre durante más de seis meses, hijo. Como sabes, el general de división McClellan planeaba atacar y someter a Richmond. Después de Williamsburg, intentamos un asalto anfibio, pero fue frustrado. Los rebeldes parecían conocer todos nuestros movimientos. Ahora, o bien tuvieron una suerte extraordinaria, o bien tuvieron algún aviso previo. Ahora sabemos que fue esto último. Cairns les estaba dando información. Cada paso que dábamos era telegrafiado a Johnston y su ejército. Nuestro hombre, el teniente Renshaw, se las arregló para congraciarse con Cairns, y todos sabemos lo que pasó después. Le disparaste, ¿entiendo?

—¿Cairns, señor? Sí, lo hice. En la pierna. Desafortunadamente, aun así se las arregló para escapar.

—Y, lo lograste a pesar de haber recibido la paliza de tu vida.

Cole bajó la cabeza, incapaz de aguantar la mirada del coronel.

—Sí, señor.

—Estoy escribiendo una carta de reconocimiento al General por lo que hiciste, joven. Una citación.

—Oh, Dios... —El corazón de Cole casi pierde el ritmo. Se sentó y se quedó mirando, incapaz de hablar. Todo lo que pudo conseguir fue una patética sonrisa y un ligero movimiento de cabeza. Su cara estaba tan caliente que sentía que iba a estallar en llamas.

—Hijo, te has comportado con una valentía extraordinaria y es justo que se elogie oficialmente. Esto es gracias a Renshaw, ya que fue él quien detalló lo sucedido.

De nuevo, Cole se tambaleó ante esta revelación. Renshaw, que creía que lo habría dado por muerto de buena gana, aquel cuyas constantes burlas y críticas llevaban a Cole a la distracción, ¿era el responsable de alabar a Cole a los cuatro vientos?

—La cosa es, joven —dijo el coronel, levantándose de la mesa, su cara ahora era una perfecta máscara de fría seriedad—, el regimiento se moverá en menos de dos semanas para reunirse con el resto del Ejército del Potomac. No puedo decir demasiado sobre lo que está sucediendo, pero la recopilación de información es esencial. Junto con la contrainteligencia, por supuesto. Queremos que salgas de nuevo, lo encuentres y anules sus operaciones.

—¿Cairns?

—El mismo. Entiendo que no te sientas con fuerzas ahora, pero el tiempo está en nuestra contra. Así que tú y Renshaw partirán de nuevo en cinco días. Mi consejo, joven, es que te pongas en forma para poder afrontar los rigores que te esperan.

—Sí, señor —dijo Cole, automáticamente—. Empezaré de inmediato, para volver a poner el ojo. —Inconscientemente se dio una palmadita en la cadera, donde normalmente se encontraba su pistola.

—Renshaw me dice que eres un rastreador de primera clase. No hay nadie más de tu calibre, joven. Por eso te necesito, *te necesitamos*. Todos nosotros.

—No lo defraudaré, señor.

La sonrisa del coronel se amplió.

—No lo dudé, hijo.

Poniéndose en pie, Cole saludó con rigidez y salió al exterior.

De pie, apoyado en un poste, estaba Renshaw, con una sonrisa irónica en el rostro. Estaba masticando un trozo de tabaco, que escupió cuando Cole se acercó.

—¿Estás preparado para esto, mequetrefe?

Cole suspiró.

—Nunca paras, ¿verdad, Renshaw?

—¿Parar? ¿Parar en qué?

—Las reprimendas, los comentarios. No soy un mequetrefe, Renshaw, ni soy tu chico. De buena gana me habrías dado por muerto ahí, probablemente llevándote toda la gloria.

—Parece que tienes todo eso en el culo, Cole. Fui yo quien elogió tu valentía ante el coronel.

Cole no pudo evitar sonreír al ver que Renshaw utilizaba su nombre real. Una pequeña victoria, pero una victoria al fin y al cabo.

—Sí, el coronel me lo dijo. Sólo lo hiciste porque sobreviví y temías que te denunciara. No tenías otra opción.

—Un poco de gratitud llegaría muy lejos, ignorante.

—¿Para qué? ¿Tú dejándome ahí fuera para que muriera?

—Si te hubiera dejado, estarías muerto.

—Llegué aquí por mi cuenta, Renshaw, mientras tú sin duda estabas lubricando tu garganta seca en el comedor.

—Estás ganándote otra paliza.

—¿Crees que sí? Todavía tú y yo tenemos asuntos pendientes. No he olvidado lo que pasó entre nosotros.

—Yo tampoco.

—Bien. Porque cuando esto termine, me propongo enseñarte directamente, Renshaw. —Inclinó la cabeza y sostuvo la mirada furiosa del hombre—. En una pelea justa, Renshaw. Si es que puedes lograrlo.

Renshaw hizo una mueca, se dio la vuelta y se alejó. A Cole no le gustó nada ver cómo bajaba la cabeza al entrar en el comedor, una acción que confirmaba todo lo que Cole pensaba de aquel hombre.

CAPÍTULO SEIS

Se alejó del campamento hasta un claro aislado, protegido del sol del mediodía por las ramas de los árboles que invadían la zona. Allí, en el frescor de la vegetación moteada, colocó algunos trozos de madera, midió doce pasos y sacó su pistola. Disparó con cuidado un solo tiro de una Colt Patterson que había tomado prestada de uno de sus compañeros en el barracón.

Inevitablemente, como él mismo había adivinado, los primeros disparos no dieron en el blanco. Después de cuatro disparos, bajó la pieza, calmó su respiración y volvió a intentarlo. El quinto disparo hizo desaparecer una pequeña esquina de uno de los trozos de madera. Con una lentitud deliberada, volvió a cargar el cilindro de cinco cámaras. Afortunadamente, este último modelo contaba con una palanca de carga abatible, por lo que no era necesario desmontar el arma. Era una buena pistola, y cuando Cole volvió a apuntar por el largo cañón, gruñó con satisfacción cuando la primera bala se estrelló en el centro del trozo de madera.

A partir de entonces, fue un simple proceso de apuntar, apretar y disparar, descargando cada bala con una precisión infalible.

Se rió para sí mismo mientras abría la palanca de recarga para limpiar el arma una vez más.

—Usted es lo que se conoce como un natural, Sr. Cole.

Se dio la vuelta con cierta sorpresa para encontrar a Penny, la hija del médico militar, sentada en un tronco de árbol volcado, con las manos enroscadas alrededor de una cesta de juncos que tenía en el regazo. Llevaba un vestido de verano estampado de color azul claro, con una gorra a juego colocada alegremente en la cabeza. La lengua se le enredó en la boca mientras la contemplaba, incapaz de hablar, con los latidos del corazón latiéndole en la garganta.

—No se sorprenda tanto, Sr. Cole. —Se bajó del tronco y caminó hacia él con tanta confianza y gracia que hizo que Cole retrocediera, olvidando todos los pensamientos de la pistola que tenía en la mano—. Estoy segura de que ha recibido cumplidos antes, ¿no es así?

Su sonrisa era cálida y amistosa, sus ojos centelleaban con la misma picardía que le había parecido tan fascinante la primera vez que la vio. Ahora, con ella tan cerca, el olor de su perfume en sus fosas nasales, apenas podía respirar, y mucho menos pensar. Se limitó a quedarse boquiabierto.

—¿Está usted bien, Sr. Cole? —Ella soltó una breve carcajada y miró hacia el cielo—. Seguro que es un hermoso día. ¿Va a practicar durante el día completo?

Cole murmuró algo incoherente, sacudiendo la cabeza furiosamente.

—¿No? Ah, porque esperaba que me acompañara en un corto paseo hasta el río. Podríamos buscar rascones o fochas. Nunca se sabe, podríamos tener suerte y ver un martín pescador.

Ella le tomó la mano. Con los ojos abiertos por la sorpresa, él la vio doblar sus dedos alrededor de los suyos.

—¿Vamos?

Mudo, incapaz de resistirse, se dejó guiar a través de los árboles que lo rodeaban y bajó por una pequeña pendiente hasta donde pasaba un afluente. Los pájaros cantaban por encima del suave sonido del agua que caía sobre las rocas, pero Cole no oía nada de eso. Su mundo, junto con su percepción del mismo, había sido secuestrado por la belleza de esta chica.

Se sentaron y ella observó el río mientras él la observaba a ella. No había nada más hermoso en la naturaleza, o eso le parecía a Cole en ese momento. Mientras estudiaba su fino perfil, con sus labios carnosos y su bonita nariz respingona, por fin se atrevió a hablar.

—Señorita, eh, yo no...

—Puede llamarme Penny, Sr. Cole. ¿Papá dice que su nombre de pila es Reuben? ¿Es así?

Asintió débilmente con la cabeza.

—Penny. Sí... Yo, er, Penny... ¿Qué es una focha?

Ella frunció el ceño.

—¿Una focha? ¿No lo sabe?

—No. Ni un rascón. Un martín pescador, creo que he oído hablar de ellos, pero no sé mucho de ríos ya que nací y me crié en un rancho. Caballos, sí que sé de ellos. Pero, las fochas no.

Ella se rió.

—Usted es gracioso, Reuben. ¿Un rancho? Bueno, déjeme ver... Una focha, junto con un rascón, son aves que se encuentran cerca del agua. *Viven* en el agua. El martín pescador, más exactamente, el martín pescador con cinturón, ahora es lo que su nombre indica. Él pesca. Espera en una rama que sobresale, mirando las aguas, esperando ese destello plateado y entonces, — Disparó su mano en un movimiento hacia abajo—. se sumerge y ataca. Es un regalo para la vista, Reuben.

Mientras ella hablaba, sus ojos se posaron en su boca, en la forma en que sus labios formaban cada palabra, cada sílaba, y él quedó hipnotizado. Desde algún lugar, oyó una risa, y parpadeó y salió de su ensoñación para encontrarla mirando fijamente, riendo.

—¿Me está escuchando, Reuben Cole?

Levantó las manos, repentinamente aterrado por haberla ofendido.

—¡Sí! Sí, la estoy escuchando, señorita... Quiero decir, *Penny*. Por supuesto que estoy escuchando. Lo que dice es interesante. No sé nada de pájaros y cosas así.

—Entonces, estar conmigo, Reuben Cole, es algo así como una educación.

No estaba seguro de si se estaba burlando de él, así que permaneció callado. A pesar de que el corazón le retumbaba en el pecho, la hinchazón de su garganta se estaba aliviando y se sentía más confiado. Sin embargo, ella seguía aterrorizándolo, su confianza lo desconcertaba hasta lo más profundo de su ser. Incluso enfrentarse a Cairns y a los jinetes rebeldes no era nada en comparación con el efecto que ella tenía sobre él.

—Me gustaría que vinieras a cenar, Reuben. —Él giró la cabeza hacia ella, con la boca abierta. De nuevo, estupefacto, no pudo decir una palabra—. He hablado con papá y está de acuerdo. Ha dicho que eres un joven de admirables cualidades y excelente espíritu. No suelo oír a papá hablar así de nadie. Hay tantos jóvenes que pasan por el campamento ahora, algunos de los cuales parecen tan jóvenes, tan inocentes, y me entristece decir que algunos no regresan después de las incursiones con el enemigo. Tú, en cambio, eres diferente. Dieciocho años, pero tienes el comportamiento de alguien mucho mayor.

—Por favor, Penny —dijo él, levantando la mano—. Para. No estoy acostumbrado a los elogios y... Bueno, para ser sincero...

—Oh sí, Reuben, *sé* sincero.

Él parpadeó varias veces.

—Elogios... La gente me dice lo bien que lo he hecho, todo eso. Me incomoda, la verdad.

—Eso es lo que se conoce como modestia, Reuben, y no hay nada de qué avergonzarse. Pero, vendrás a cenar, y te prometo que me abstendré de alabarte demasiado.

Ella se rio, esperó a que él se uniera, y se rio aún más fuerte y más largo después de que él lo hiciera.

—Esta tarde. A las siete —añadió ella cuando ambos se detuvieron por fin.

—Será un placer.

—Sé que lo será.

Volvieron a reírse y el sonido llegó casi hasta el campamento.

Al otro lado de la mesa del comedor, Reuben se sentó y esperó, con las manos sobre el regazo. Sabía lo suficiente sobre la etiqueta como para saber que era indecoroso poner los codos sobre la mesa. Se sintió un poco como un colegial sometido al escrutinio de sus mayores y superiores. Vestido con una chaqueta pulcra y bien cepillada que le había prestado otro recluta, hizo todo lo posible por sonreír y asentir amablemente cada vez que la madre de Penny se asomaba a su hombro para quitarle el plato vacío y servirle otro plato.

—Vaya, Reuben —dijo Penny—, sí que tienes un gran apetito.

Lanzó una rápida mirada hacia el médico, sentado en la cabecera de la mesa, con una camisa blanca impecable, adornada con una pajarita y un chaleco granate y negro moteado.

—No hay nada malo en eso, Pen —dijo el médico.

—No, no lo dije como una crítica, más bien como una observación.

—Supongo que los largos días en la silla de montar, comiendo nada más que bizcochos y galletas le darían a un hombre un apetito por la buena comida. ¿No te parece, Reuben?

—De hecho, lo haría, señor.

—Así que come todo lo que quieras, Reuben —dijo la madre de Penny, volviendo a la habitación con una gran fuente de patatas humeantes—. ¿Quieres más carne?

—Oh, no gracias, señora —respondió Cole entre bocados—, esto está muy bien.

—Bueno, tenemos bastante. Toma. —Le sirvió las patatas en el plato y vertió una espesa salsa sobre ellas—. Tenemos vino.

—¿Sí? —preguntó el médico, mirándola con incredulidad—. ¡Vaya, esto *es* un festín!

La velada continuó con muchas risas y Cole, relajado por primera vez en muchos meses, se encontró revelando poco a poco más sobre su vida de lo que había planeado. Más tarde, al salir a dar un paseo por el impresionante jardín del doctor, Penny lo llevó a un columpio en la esquina más alejada. Sentado, Cole se quedó mirando. Parecía tan feliz, tan llena de vida. La envidiaba y deseaba poder estar tan a gusto consigo mismo y con el mundo.

—Has visto muchas cosas en tu joven vida, Reuben —dijo ella de repente.

Sus palabras lo tomaron por sorpresa. Se metió los pulgares en el cinturón y miró hacia otro lado, incómodo.

—Supongo.

—Lo que decías durante la cena, sobre la cabalgata en campo abierto, sobre ese indio... ¿Cómo se llamaba?

—Oso pardo.

—Tienen nombres extraños, ¿verdad? Recientemente he leído El último de los Mohicanos de Fennimore Cooper. ¿Lo has leído?

—No puedo decir que lo haya hecho.

—Hay muchos nombres curiosos en ese libro. El villano es un hurón llamado Magua. Se traduce como Zorro Astuto.

—Supongo que es un nombre que le puso el autor. Sólo he conocido a un nativo y es Oso Pardo. No sé cómo llegó a su nombre.

—Un salvaje, sin duda.

Ladeó la cabeza, frunciendo el ceño.

—Fue quizás el hombre más honorable y valiente que he conocido. Me salvó la vida.

Parecía y sonaba sorprendida cuando dijo:

—Señor. ¿De verdad?

—No lo diría si no fuera así. Señorita Penny, usted que vive aquí, no lejos de un campamento de soldados en los tiempos más peligrosos, debería saber que esta tierra está llena de todo tipo de historias. La mayoría de ellas son falsas. Esta, le aseguro, es totalmente genuina.

—Dijiste que *le habías* salvado la vida. No dijiste nada de que él te devolviera el favor.

—Yo no lo clasificaría como un favor, Penny. No estaba previsto, reaccionó, como yo, a una situación grave.

—Pero, salvar tu vida, es admirable, Reuben. Un acto honorable. Como el tuyo.

Sintiendo que el calor le subía a la cara, volvió a apartar la mirada.

—No sé mucho sobre eso.

—Sin embargo, estoy sorprendida. He oído a los hombres hablar de los indios como sedientos de sangre. Asaltan, asesinan, arrancan el cuero cabelludo y muchas otras cosas mucho más viles.

—Lo que les hemos hecho desde que los blancos llegaron a esta tierra. Esa es la verdad. En cuanto a arrancar el cuero cabelludo... Bueno, eso no es un acto tradicional, Penny... No es algo que hicieran de forma natural.

—No pretendo conocer toda la historia, pero la novela de Fennimore Cooper me enseñó mucho. Esta es una tierra brutal, como has dicho, pero está siendo domesticada. Estoy segura de que cuando termine esta terrible guerra, viviremos una nueva era de libertad e igualdad. ¿No es así?

—No tengo ni idea. Libertad... No estoy seguro de lo que es. Me he sentido *libre* cuando estoy en el campo de tiro y sólo tengo que ocuparme de mí mismo. Pero, no tengo la suficiente experiencia para juzgar esas cosas. Apenas he salido de los pantalones cortos, señorita Penny. Puedo parecer rudo y listo, pero no lo soy, y eso es seguro.

—Me alegro de ello, Reuben. Me gustaría que fuéramos amigos.

—Yo también, señorita Penny. Yo también.

Ella sopló sus mejillas.

—Penny, sólo Penny.

Él asintió y sonrió.

Tras regresar a la casa, Cole agradeció al médico y a su esposa que le permitieran ser su invitado. En el porche principal, se dirigió a bajar los escalones hacia el camino que conducía al campamento, pero se detuvo y se volvió para mirar a Penny.

—Gracias —dijo él, colocándose cuidadosamente el sombrero—. Lo he pasado bien, Penny. Espero verte pronto.

—Oh, Reuben. —Bajó los escalones hacia él y lo abrazó—. No quiero que te vayas. Quiero que te quedes en el campamento, que me visites siempre que puedas.

Se puso de pie como un árbol, rígido e inflexible... Las palabras de ella hicieron que sus emociones se confundieran.

—No tengo muchas opciones, Penny. Tengo que salir al camino de nuevo en unos días, encontrar a Cairns y...

—No quiero saber los detalles —dijo ella bruscamente, alejándose de él. Sus ojos brillaban con lágrimas—. Sólo quiero que vuelvas a salvo. ¿Me oyes?

Forzó una sonrisa, pensando que era la respuesta correcta.

—Haré lo que pueda, Penny. Te lo prometo.

—Quiero saber todo sobre ti, ¿me oyes?

—¿Quizás podríamos volver a vernos? Digamos, ¿mañana?

—Vaya, te has convertido en el audaz. —Su voz, tan ligera, tan natural, sonaba llena de felicidad con un toque de entusiasmo.

Sonriendo abiertamente, Cole continuó:

—Veo que tienes una pequeña carreta en la parte de atrás.

—Sí. Es de mamá. ¿Por qué lo preguntas?

—Pensé que tal vez podría llevarte a un picnic, si eso no es demasiado atrevido... ¿Mañana?

—Eso estaría muy bien, Reuben.

—¿Mediodía?

Ella asintió.

—¿Cuántos días faltan para que te vayas?

—Cinco. Pero, cuando vuelva, tendremos mucho tiempo para conocernos mucho mejor.

—Asegúrate de cumplir tu maldita promesa, Reuben Cole.

—No deberías maldecir.

Ella jadeó.

—Has oído cosas mucho peores, estoy segura.

—Pero, no de alguien tan bonita como tú.

Ahora le tocó a ella sonrojarse, y él se alejó, con una pequeña sensación de triunfo haciéndose sentir en su estómago agitado. En la puerta del jardín delantero, se giró y saludó. Ella le devolvió el saludo. Pudo ver que ella lloraba y pensó en lo cruel que era la vida al conocer a alguien tan adorable justo cuando estaba a punto de descender una vez más a las incertidumbres de la vida como rastreador.

Era un pensamiento que le acompañaría durante los días siguientes.

CAPÍTULO SIETE

urmió bien y se despertó sintiéndose renovado, los recuerdos de la noche anterior le dieron una cálida sensación en su interior. Salió al exterior, donde el cocinero le servía una especie de desayuno. Jamón grueso, más grasa que carne, y patatas fritas empapadas de grasa. El café tenía un sabor amargo, el pan estaba destinado a absorber la grasa como un trozo de piedra. Se fue, con los ánimos desinflados, y se prometió a sí mismo que compraría algunos buenos cortes para el viaje. Podrían ser salados, pero cualquier cosa sería mejor que el reciente brebaje que se había obligado a tragar. Se dirigió de nuevo al claro aislado y disparó más veces, esta vez con bastante más éxito. La Paterson se sentía bien en sus manos, casi tan bien como su vieja Remington.

Atravesando la plaza de armas de regreso a su barracón, vio a varios grupos de soldados en mangas de camisa cargando sacos de grano en los carros que esperaban. Otros estaban revisando mosquetes, pólvora y balas. Todos parecían ocupados e inundados de sudor mientras se preparaban para la siguiente fase del plan de McClellan de atacar la capital confederada, Richmond.

—¿Te llamas Cole?

Se giró para ver a un hombre enorme y corpulento que se alzaba sobre él. Tenía las mangas de la camisa remangadas sobre los abultados bíceps. Los antebrazos erizados de pelo espeso y enmarañado desembocaban en unas manos nudosas que, cuando se cerraban en puños, daban miedo por su tamaño y capacidad.

Cole no pudo evitar tragar con fuerza.

—Así es. Me tiene en desventaja.

—Me llamo Arnoldson. El coronel me habló de usted.

—Oh. —Cole miró a su alrededor. Nadie parecía hacerle caso, y desde luego no había ni rastro del coronel ni de ningún otro oficial—. Entonces... ¿Qué es lo que quiere, señor Arnoldson?

—Sólo Arnoldson será suficiente.

—Muy bien. Arnoldson, ¿en qué puedo ayudar?

—Estoy aquí para *ayudarte*, hijo. —Señaló con un dedo grande y carnoso una zona detrás de los barracones—. Hay una zona abierta de matorrales allí. Iremos allí.

El hombre grande dio un paso, pero Cole se resistió y levantó una mano.

—Espera un momento. ¿Para qué? ¿En qué quieres ayudarme?

—Estas son las órdenes del coronel, así que no te preocupes.

—Mire, Arnoldson, estoy en deuda, pero no tengo ni idea de qué es lo que usted o el coronel quieren o...

—Sólo ponte en línea conmigo, hijo. Soy un sargento, así que sigue mis órdenes. —Su ceño se frunció—. Y deja de hacer preguntas.

Dejando a Cole perplejo, el hombre grande se alejó. Cole, sin saber lo que le esperaba, tocó la culata de la Paterson. Si se trataba de una especie de emboscada, posiblemente orquestada por Renshaw, no dudaría en salir disparando de ella. Por ahora, vería lo que ocurría, y así de mala gana, siguió al corpulento sargento con la esperanza de que alguien diera testimonio de cualquier mala acción.

Nadie lo hizo.

Al llegar a la zona, Cole se tomó un momento para observar

los alrededores. Era un terreno plano, abierto y duro, sin cobertura para ningún asaltante. Tal vez esto no era una emboscada después de todo.

El gran sargento se mantenía de pie como un pilar de granito inamovible, con los ojos negros, alerta, intensos. Cole, intimidado y nervioso, esperó. Arnoldson le había ordenado que no hablara, y estaba claro que no era un hombre con el que se pudiera discutir.

—El coronel tiene informes de que peleaste como un gato salvaje con Cairns. Pero, Cairns es duro. Sabe cómo luchar. Tú, aunque eres bastante valiente, no tienes las habilidades para vencer a alguien como él. Estoy aquí para mostrarte cómo puedes hacerlo.

Parpadeando, Cole levantó ambas manos.

—Es muy amable de su parte, pero no tengo tiempo para estar aprendiendo cosas así. Nos vamos en unos días, y hay mucho que preparar. Cualquier cosa que uno pueda...

—Si puedes luchar tan bien como puedes hablar, entonces mi trabajo aquí está hecho. Sin embargo, lo dudo. Así que, adelante, vamos a ello. Acércate, dame tu mejor golpe.

Cole no se movió.

—Señor, esto no va a...

—Si tengo que decirte algo dos veces más, te romperé la maldita mandíbula. Ahora, vamos, baila.

No fue bonito ni efectivo. Cole, sintiendo que sus músculos se contraían por la frustración y la ira, se acercó y golpeó. Falló. El hombre grande se movía con una gracia sorprendente, ágil como un bailarín de ballet. Cole, sin inmutarse y decidido a demostrar su destreza a este hombre, grande como un oso, lanzó un golpe de izquierda y otro de derecha. Ambos golpes fueron bloqueados con facilidad. Intentó otra combinación, pero sólo consiguió golpear el aire.

Cole estaba de pie, con las manos en las caderas, aspirando

ruidosamente su aliento. El hombre era un mago, en un momento allí estaba tan grande como una puerta de granero, al siguiente, en una posición completamente nueva. Cole soltó un suspiro frustrado.

—Muévete, hijo —dijo Arnoldson, con la respiración tranquila y el cuerpo relajado. Sus grandes manos rechazaban todos los intentos de golpe, y cada vez se balanceaba y se balanceaba hasta que por fin, contraatacó con un movimiento de sus dedos extendidos en la cara de Cole. El golpe, más bien un cosquilleo, enfureció a Cole, obligándolo a presionar más fuerte, a golpear más ampliamente. Su respiración se hizo más fuerte, el sudor le entraba por los ojos. El esfuerzo físico, unido a su creciente ira, estaba siendo un claro obstáculo para el éxito de cualquier golpe. Se recompuso, decidido a dar al menos un puñetazo, y corrió hacia adelante.

El grandulón se apartó, permitiendo que Cole se acercara a él, para tomarlo por sorpresa. Incapaz de frenar su impulso hacia delante, Cole tropezó con la pierna extendida de Arnoldson y recibió un potente puñetazo en la nuca que le ayudó a seguir su camino, y cayó de bruces contra el suelo polvoriento.

Se quedó tumbado, agotado y sin aliento, tosiendo mientras ráfagas de polvo invadían su boca y fosas nasales. Su cabeza sonó con la fuerza del golpe de Arnoldson y rodó sobre sí mismo, agarrándose el cuello. Sopló su exasperación.

—Maldita sea, ¿cómo diablos voy a acercarme a ti?

Arnoldson se puso de pie con los puños en las caderas, sonriendo.

—Eso es lo que has venido a aprender, hijo. Ahora, levántate y empecemos de nuevo.

—Necesito un poco de agua.

—La tendrás cuando consigas dar un puñetazo. —Sacudió las manos, volvió a cerrar los puños y se puso medio agachado—. Ahora, ¡levántate y comencemos de nuevo!

. . .

A lo largo de tres sesiones, Cole recibió no sólo una sonora paliza, sino también una visión de cómo controlar el ataque de un oponente, cómo utilizar su peso y su fuerza en su contra, asestar golpes demoledores y algunas instrucciones sobre las partes vulnerables del cuerpo humano y cómo golpearlas con eficacia. Al final, se sentó en el suelo, con la cabeza inclinada y el sudor goteando de la punta de la nariz. Arnoldson se situó junto a él y le puso en las manos una cantimplora de agua.

—Te lo has ganado.

—¿Tú crees?

Arnoldson gruñó.

—El coronel dijo que tenías dieciocho años. —Dobló hacia abajo la comisura de su boca—. No los tienes. Mentiste sobre tu edad para poder alistarte en el ejército. No me digas que estoy equivocado. No has desarrollado completamente tu fuerza física. Lo harás, pero todavía no. —Cole contuvo la respiración, preguntándose qué vendría después. ¿Un informe para el coronel, tal vez? Los ojos de Arnoldson se entrecerraron—. ¿Cuántos años tienes, dieciséis?

Sin apartar la vista, Cole se llevó la botella a los labios y bebió.

—Ajá. —Se puso en tensión, listo para salir corriendo. No tenía ni idea de cuál podía ser el castigo por falsificar sus papeles, pero no estaba dispuesto a quedarse a averiguarlo.

—Si vives, y de eso no hay garantía —continuó Arnoldson—, entonces considero que saldrás de esto como alguien formidable.

—¿Formidable? Eso espero.

—Pero hay que practicar. La práctica y la forma física, no hay nada que las sustituya. Así que, nos reuniremos, a la misma hora todos los días durante los próximos cinco días. Ese es el tiempo que tienes antes de irte, así lo he entendido.

—¿Todos los días? Pero, ¿qué pasa con...?

—Mis órdenes son ponerte al día. El coronel me ha dicho que recibiste una paliza, que te rompieron las costillas. Te daré algo de consideración por eso. —Una fina sonrisa se desarrolló en su amplio rostro—. Pero no mucha.

—Estás tan lleno de bondad, Arnoldson, que casi me haces llorar.

—¿Se supone que eso es gracioso?

—No. Sólo una broma, eso es todo.

—Bueno, no lo hagas. Quiero que te tomes esto en serio. —Señaló el Paterson de Cole—. Dicen que eres bueno con eso. Bueno, la cosa es que si lo pierdes, tienes que saber salir vivo de cualquier apuro. ¿Lo entiendes? —Cole asintió—. Tienes que *querer* esto, hijo. El deseo. Debes *querer* prevalecer. En cualquier lucha, debes estar preparado para hacer lo que sea necesario. La habilidad no es suficiente. Es aquí, —Se golpeó el pecho—, es aquí donde está la victoria. No lo olvides, Cole.

—No lo haré. Y, gracias. Iré, practicaré todos los días, los movimientos, los ejercicios que me enseñaste, todo.

—Y, el corazón.

—Oh sí, no me olvidaré del corazón. —Se tomó su tiempo para volver a colocar el tapón en la cantimplora—. Entonces, Sr. Arnoldson, ¿el hecho de tener dieciséis años no me va a frenar?

—Hijo, he visto hombres que te doblan la edad que no tienen tanta arena como tú. Creo que tú lo lograrás.

El hombre grande le tendió la mano. Cole la tomó y se puso en pie. Sonrió a la cara de Arnoldson.

—Dormiré bien esta noche.

—Haz ejercicio por la mañana. Tus músculos se sentirán como una roca. Tienes que aflojarlos. Después de eso, nos encontraremos y estarás bien.

—¿Y mi desayuno?

Arnoldson ladeó la cabeza.

—¿Llamas desayuno a esa bazofia que sirven?

—No, pero necesitaré algo en mi...

—Puedes tomar café después de la sesión, no antes.

Se dieron la mano y Cole se alejó, experimentando ya varias punzadas en músculos que no sabía que tenía.

CAPÍTULO OCHO

Los días siguientes se convirtieron en una rutina de despertar, estirar y luego disparar. Después, se enfrentaba a Arnoldson esforzándose al máximo para asestar un golpe antes de tomar el desayuno, y a veces le resultaba casi imposible sentarse sin llorar por el dolor de los golpes recibidos.

Se encontró con Penny al mediodía de ese primer día y salieron a pasear por los alrededores. Penny hizo girar su sombrilla y Reuben manejó la pequeña calesa con gran habilidad. El pequeño y ágil poni demostró ser fuerte y juguetón. Ambos disfrutaron más del paseo que del picnic, que fue un asunto frugal.

En la orilla del río, Penny tiró una manta y se sentaron a mirar el agua sin hablar. Cole descubrió, con cierta sorpresa, que no se sentía incómodo en absoluto, y deseó que el momento durara para siempre. El silencio era algo que le gustaba, y a ella también, ya fuera por deferencia a su estado de ánimo o por algo que ella misma sentía. Se sumieron en una profunda contemplación.

Con el sol alto en el cielo, ambos se recostaron, con los ojos cerrados, y disfrutaron del simple placer de estar vivos en un día tan hermoso.

El viaje a casa fue tranquilo, y mientras Cole devolvía la calesa al establo de atrás, desenganchaba el poni y se ponía a sobarlo, Penny lo observaba con una sonrisa en la cara.

—Lo haces como si hubieras nacido para ello, Reuben.

—Es algo que he hecho la mayor parte de mi vida: trabajar con caballos, cuidarlos, conocer sus costumbres. Sin un caballo, estaría perdido, Penny. Incompleto.

—Eres todo un filósofo, Reuben.

—¿Lo soy? —Sonriendo, se acercó a ella, limpiándose las manos en los pantalones—. Eres lo que se llama una erudita.

—He tenido escuela, si eso es lo que quieres decir.

—No, es más que eso. Eres inteligente. Sabes mucho.

—Saber mucho no hace a nadie *inteligente,* Reuben. Tú eres inteligente, pero no pasas el tiempo en un libro.

De la nada, se lanzó hacia adelante y la tomó por la cintura. Ella soltó una risita y él la besó. Ella se rindió, agarrando su cabellera, y su abrazo se prolongó.

Se encontraron unas cuantas veces más durante esos días. Cada vez, el deseo del uno por el otro crecía, y Cole experimentaba sensaciones que nunca creyó posibles. A pesar de que su cuerpo y su orgullo le dolían después de cada sesión con Arnoldson, nunca se quejaba, y encontraba que estar en compañía de Penny era el mejor bálsamo que existía.

Al cuarto día, el coronel los citó a él y a Renshaw en su despacho.

El coronel parecía serio, más que en ningún otro momento. Estaba sentado detrás de su escritorio, con la barbilla entre las manos, mirando un gran mapa que tenía delante.

—La situación es grave, más grave de lo que cualquiera de nosotros imaginaba. Los rebeldes están oponiendo una fuerte resistencia y, obviamente, tienen conocimiento previo de los movimientos de nuestras tropas. Claramente, tienen gente trabajando dentro de nuestras fuerzas, y es imperativo que los eliminemos. Son ingeniosos y debemos igualarlos, golpe a golpe. Por lo tanto, caballeros, partirán *hoy.* Recojan sus cosas y partan a toda prisa. Les acompañará uno de mis hombres elegidos, Thomas Lester. Es un inglés, conocido como Red.

—Bueno, he conocido a algunos pelirrojos —dijo Renshaw con una risita baja—, ¡y seguro que son unos exaltados!

El coronel no parecía impresionado ni divertido.

—No, Renshaw. No es pelirrojo. Sin duda lo explicará. Es su superior, Renshaw, un capitán. ¿Entiendes el significado?

—Sí, señor. Por supuesto.

—Bien. Tiene órdenes selladas que te transmitirá en cuanto estés bien lejos del campamento.

—Todo suena muy misterioso, señor.

—Sólo tienes que hacer lo que te dicen, Renshaw. Y Cole, —Miró directamente al joven explorador—, Arnoldson me dice que has mejorado más allá de toda expectativa, así que me complace oírlo. Ya sabes cuál es tu tarea.

—Sí, señor.

—Entonces, dedícate a eso. Te quiero de vuelta aquí antes de que el regimiento se vaya. Tienes una semana.

—Pero, ¿cómo vamos a saber dónde buscar? —dijo Renshaw, sonando nervioso.

—El capitán Lester te guiará, Renshaw, no tengas miedo. Ahora vete.

Ambos saludaron y se marcharon. Atravesando el patio de armas hacia los establos principales, Renshaw se lió un cigarrillo y lo fumó febrilmente.

—Maldita sea, odio trabajar con gente que no conozco.

—¿Como yo, quieres decir?

Renshaw se detuvo y rodeó a su joven compañero.

—Es cierto que me causaste muchos problemas, Cole, pero ya lo he superado. He aprendido a vivir con tu arrogancia y tu mezquindad. Este nuevo tonto, que es un capitán y todo eso, no me sienta bien en el estómago.

—¿De la forma en que lo hizo Cairns?

La cara de Renshaw enrojeció.

—Ves, ahí está, esa boca inteligente tuya. Cairns nos engañó a todos, no lo olvides. Y no olvides también que lo tuviste en la mira y fallaste.

—No fallé. Le disparé en la pierna, recuerda.

—Sí, bueno, si le hubieras disparado en el lugar correcto, nada de esto estaría sucediendo. —Tiró su cigarrillo terminado —. ¿De qué estaba hablando el coronel? Sobre ti y alguien llamado Arnson o algo así.

—Arnoldson. —Es un sargento mayor. Hemos estado, cómo decirlo, intercambiando notas.

—¿Notas sobre qué?

—La vida, supongo que se podría llamar. Sí... La vida.

—¿Cuántos años tienes?

Hizo una pausa, controlándose a sí mismo para no revelar la verdad.

—Dieciocho —dijo, sin atreverse a igualar la mirada de Renshaw para que no viera la mentira que se consumía allí. ¿Dieciocho? Deseaba tener dieciocho años, pero para eso faltaban casi dos años más. A veces olvidaba lo joven que era, y sólo en la oscuridad de la noche lo recordaba, y las imágenes de su madre acudían a su mente, y era todo lo que podía hacer para contener las lágrimas. Se preguntó qué le diría ella ahora mismo si estuviera viva. Había visto demasiado, había hecho demasiado, y estaba marcado por ello. Todo ello. Matar a ese hombre que había perseguido a Oso Pardo, eso había sido el comienzo de todo. Y después, esos otros asesinatos en la vieja cabaña, qué fácil le resultó todo. Si pudiera cambiar una cosa, sería no haber cabalgado lejos del rancho esa mañana. Pero lo había hecho, y no había vuelta atrás, no podía deshacer lo que había hecho. Había matado y eso lo había cambiado. Lo cambió para siempre.

Renshaw le dirigió una mirada mordaz.

—No creo que yo suelte tanta mierda de caballo como tú, Cole.

—Entonces, está claro que no te has escuchado mucho.

Cole se alejó riendo para sí mismo mientras la sangre hervía en rojo en la cara de Renshaw.

. . .

Más tarde, mientras aseguraban los petates, las mantas, las alforjas y el armamento a sus monturas, un hombre ya montado se acercó a ellos. Inclinado hacia delante en su silla de montar, su voz retumbaba como si tuviera arena alojada en la garganta.

—¿Son ustedes Cole y Renshaw? —dijo.

Dando un último tirón a una de las correas de sujeción, Renshaw se fijó en el hombre y arqueó una ceja.

—Sí, lo somos. ¿Y usted quién es?

El hombre saludó con desdén con un movimiento del ala de su sombrero:

—Soy el capitán Lester. —Su sonrisa era delgada, más bien una mirada de soslayo, carente de humor—. A su servicio.

—Buenos días, señor —dijo Cole, devolviendo el saludo.

—No hace falta tanta formalidad —dijo el capitán—, vamos a cabalgar juntos durante bastante tiempo en un terreno que no conocemos, así que es mejor que nos tratemos de igual a igual.

Renshaw resopló y se subió a la silla de montar.

—Pongámonos en marcha, entonces, Capitán.

Cole le lanzó una mirada, se encogió de hombros ante Lester y estaba a punto de montar sobre su caballo cuando una voz ansiosa le hizo detenerse. Se dio la vuelta y vio a Penny corriendo hacia él, con la cola de la falda en una mano y la otra sujeta en la parte superior de su gorro.

—Reuben Cole —dijo ella sin aliento al llegar a él—. ¿No ibas a venir a despedirte?

Con el calor subiendo, Cole miró a Lester, que hizo lo más educado y se dio la vuelta. Renshaw ya estaba caminando hacia la salida del campamento.

—Iba a llamarte, Penny —dijo, lo cual no era mentira. Pasarían por la casa del doctor antes de llegar al camino propiamente dicho—. ¿Cómo sabías que nos íbamos hoy? Vamos un día antes.

Sus ojos centellearon con esa picardía que a él le resultaba tan atractiva:

—¿No sabes nada, Reuben Cole? Mi papá es el cirujano del ejército. Lo oye *todo*.

Sin saber si eso era bueno o no, Cole tomó aire, se inclinó hacia delante y la besó ligeramente en la mejilla. Los ojos de ella se abrieron de par en par, sorprendida.

—¿Qué fue eso?

Él frunció el ceño, pero antes de que pudiera decir nada, los brazos de ella le rodearon el cuello y sus labios se cerraron sobre los de él en un largo y lento beso.

Hubo una tos baja y educada, y Cole, abriendo un ojo, vio a Lester mirando con la expresión de un maestro de escuela molesto. Lentamente, el joven explorador se liberó del abrazo de Penny.

—Te llamaré tan pronto como esté de vuelta —dijo él.

—Más te vale, Reuben Cole.

Con una mirada hacia Lester, subió a su montura, agitó la mano en un pequeño gesto de despedida y se alejó hacia donde Renshaw ya estaba alcanzando el sendero.

No miró hacia atrás a pesar de saber que Penny lo estaría observando, con las lágrimas cayendo. No podía soportar ver eso, así que mantuvo la cara hacia adelante y emitió una oración silenciosa para que la expedición resultara no solo exitosa sino rápida.

CAPÍTULO NUEVE

Lester les indicó que desmontaran en una pequeña hondonada rodeada de aulagas y pequeños árboles. Se agachó en el suelo y trazó un tosco mapa, con su dedo enguantado en cuero, en el que trazaba la dirección que debían seguir.

—Cairns fue visto por última vez con un destacamento de la caballería de Jeb Stuart. Ahora, no sabemos cuál es su plan general, pero es seguro asumir que Stuart está a punto de...

—¿Cómo sabes todo esto? —intervino Renshaw. Estaba sentado en un saliente de roca, liándose un cigarrillo. Toda su disposición hablaba de un desinterés que rayaba en el desprecio por las palabras de Lester.

—Teníamos hombres en el campamento de Stuart. Él no lo sabía, por supuesto, pero la información que nos dieron permitió un detallado...

—¿Teníamos hombres en su campamento?

—Como los rebeldes tienen hombres en el nuestro.

Un silencio se extendió entre los dos hombres, un momento peligroso cargado de tensión. Cole, percibiendo la gélida atmósfera, dejó caer su mano sobre su pistola enfundada.

—¿Cómo sabes *eso*? —preguntó Renshaw, haciendo una pausa

en el proceso de preparar su humo. Sus ojos se erizaron con algo que Cole creyó que era una sospecha, y también un toque de acusación.

—¿Por qué? ¿Esta revelación es una sorpresa?

—¿Sorpresa sobre qué?

—¿Que somos plenamente conscientes de que hay espías en nuestro campamento? Renshaw, ¿no es así?

Renshaw enderezó la espalda.

—Sabes que lo es.

—Cabalgaste con Cairns, un compañero explorador. ¿Cuánto tiempo estuviste con él?

Un encogimiento de hombros, los ojos sin parpadear.

—Seis meses, más o menos.

—Y, en todo ese tiempo, ¿nunca sospechaste de él?

—Si hubiera... Escuche, *capitán* Lester, he estado en esto desde el principio. Primero como explorador, pero luego como agente del Gobierno Federal. Me dieron la tarea de descubrir quién podría ser el traidor.

—¿Traidor?

—Eso es lo que he dicho. Me uní a Cairns, no por ninguna sospecha que tuviera de él, ni de nadie más. Era simplemente un medio para mezclarme con otros, exploradores y rastreadores y similares. Gente que casi podía volverse invisible. Cabalgando con Cairns, explorando por delante, ni una sola vez capté ninguna señal de que pudiera estar proporcionando información al enemigo. Me sorprendió tanto como a cualquiera cuando se volvió contra mí y contra Cole.

—¿Y tú? —preguntó Lester, dirigiéndose a Cole.

—Como dice Renshaw. Nunca tuve ninguna duda. Pero entonces, apenas lo conocía, siendo yo un nuevo recluta y todo eso.

—Así que era bueno. Ocultando sus verdaderos colores de la forma en que lo hizo.

—Lo que sea que eso signifique —murmuró Renshaw.

—Sus lealtades —explicó Lester con gran paciencia—. Nadie sospechaba que era un rebelde secreto.

—Tal vez —dijo Cole—, hay más de uno. Tal vez Cairns era una especie de señuelo que nos alejaba de la identidad del verdadero enemigo.

—Podría ser —dijo Lester lentamente—. Tú le disparaste, así que lo entiendo.

—No lo suficientemente bien —dijo Renshaw rápidamente.

—Lo suficiente como para saber que buscaremos a un hombre que cojea.

—Lo reconoceré —dijo Renshaw—. Nunca olvidaré al bastardo, no te preocupes por eso.

—Me refiero a si estoy solo —dijo Lester.

Todos dejaron de hablar, Renshaw se tomó su tiempo para seguir liando el cigarrillo, Cole miraba al suelo.

—Esto no va a ser fácil, chicos. Vamos a entrar en un campo de rebeldes. Debemos permanecer atentos. Soy el único al que Cairns no conoce de vista, así que será mejor que sea yo quien lo busque.

—Pero, podría haber cualquier número de hombres con una cojera —propuso Cole—. Estamos en guerra después de todo.

—Cierto, así que voy a husmear. Y, lo haré solo. Él te reconocerá. Te notará en un abrir y cerrar de ojos y probablemente te volará la cabeza antes de que puedas reaccionar.

—Así que ese es tu plan —dijo Renshaw por fin, encendiendo su cigarrillo—, ¿entrar en su campamento? ¿Y crees que se harán a un lado, dirán «hola» y te saludarán?

—Me haré pasar por un oficial confederado, Renshaw. Tengo papeles. —Se palpó el bolsillo del pecho. Ninguno de ellos llevaba uniformes de la Unión, ya que se habían puesto una serie de ropas civiles.

—Has pensado en todo, ¿no?

—Ya veremos —dijo Lester, y dobló el mapa—. Una vez localizado, lo aprehenderé y te lo entregaré. A mí me corresponderá permanecer en el campamento y averiguar lo que pueda sobre sus planes. Jeb Stuart es un hombre notable, valiente y astuto, así que estoy seguro de que tiene bien decidido lo que debe hacer. McClellan planea hacer un desembarco anfibio y caer sobre Richmond. Sospecho que si Stuart puede flanquearnos, lo hará. Todo lo que necesito saber es en qué dirección se moverá, para que nuestras fuerzas puedan contrarrestar.

—Espera —dijo Renshaw, repentinamente alerta—. *¿Nosotros* lo llevamos mientras tú te quedas atrás?

—Eso es. Entraré en el campamento. Tú esperarás fuera y yo te traeré a Cairns. Probablemente por la noche.

—No me gusta cómo suena eso.

—¿Oh? ¿Y qué parte, en particular, no le gusta, *Cabo* Renshaw?

—Nada de eso.

Lester se encogió de hombros.

—Te guste o no, ese es el plan. Tu tarea es escoltar a Cairns de vuelta al campamento donde será juzgado.

—El coronel me dijo algo diferente —dijo Cole.

—La situación ha cambiado —dijo Lester—. Cairns será interrogado. Cualquier cosa que pueda darnos sobre la identidad del espía en nuestro campamento valdrá su peso en oro. Así que, mantenlo *vivo,* Cole. —Sus ojos se entrecerraron—. Y eso es una orden.

Cole se puso rígido.

—Sí, señor. Por supuesto.

—Espera —dijo Renshaw, hinchando el pecho como si buscara pelea—. Dijiste que todos éramos iguales, nada de esta mierda de oficiales y hombres.

—Lo somos. Puedes decir lo que quieras, Renshaw, pero sólo para que entiendas cuál es el resultado esperado.

—Su arresto. Lo tengo.

—Bien. Y ahora, caballeros, si me permiten sugerir, continuemos nuestro camino. El tiempo apremia.

———

Varias horas después, acamparon. Lester no permitió el fuego, así que cenaron galletas duras con agua de sus cantimploras. Al llegar la noche, Cole sintió una diferencia en el aire y adivinó que significaba un cambio en el clima.

En algún momento cercano al amanecer cayó la lluvia, lo que les obligó a levantar el campamento temprano y sin comer nada. Esto era algo a lo que Cole estaba acostumbrado; la vida en el camino, en la silla de montar la mayor parte del tiempo, sin desayunar, a menudo sin cenar también. El rugido de sus tripas ocupaba la mayor parte de su atención, la lluvia incesante el resto. Se había puesto una capa que no tardó en empaparse y el agua, que goteaba del borde de su sombrero, salpicaba las crines de su montura, haciendo que la yegua se sintiera tan miserable como él.

A lo largo del frío y duro día, siguieron adelante, con la cabeza gacha y las conversaciones en la garganta. Lester sabía a dónde iba, algo que no le sentaba bien a Cole. Compartía muchos de los recelos de Renshaw. Sin embargo, sintió cierto alivio al saber que no iba a servir de verdugo de Cairns. Se había alistado en el ejército como explorador, no como asesino, y como explorador deseaba permanecer.

Hacia el mediodía, la lluvia amainó lo suficiente como para que Cole se quitara el sombrero y lo sacudiera para secarlo. Su pelo, pegado a la frente, se sentía sucio, al igual que el resto de su cuerpo. En el rancho, se bañaba casi todos los días para librarse del polvo y el sudor del trabajo con los caballos y el ganado. Aquí, la única esperanza que tenía de lavarse era un chapuzón en el río, y ahora mismo, eso estaba muy lejos del camino. A su alrededor, los campos se extendían exuberantes y verdes, el agua de la lluvia goteaba de los tallos, las hojas y las ramas de los árboles. El paisaje de la rotonda era tan diferente al de su casa como era posible. Más suave, más ondulado, más hermoso. No era de extrañar que hubiera conocido a Penny en un lugar como éste.

De vuelta a casa, en la dureza de los Territorios, el tipo de chica que habría conocido habría reflejado su tierra dura e implacable.

Descansaron un rato, lo que les permitió quitarse la ropa húmeda y sustituirla por otra de sus alforjas. El terreno de los alrededores estaba demasiado húmedo para hacer fuego, aunque Lester lo permitiera, cosa que no hizo. Tenía ganas de seguir adelante. Se habían detenido ante una ligera ladera coronada de árboles. El sol alejaba las nubes de lluvia y el día prometía ser mejor que el anterior. Atiborraron las alforjas con puñados de galletas tan empapadas por la lluvia, que parecía que estaban derretidas. Sin embargo, llenaron un hueco. Cole no pudo evitar soñar con filetes de carne de primera calidad chisporroteando en un plato de vuelta al rancho.

Todos esos pensamientos lo abandonaron cuando la mujer apareció a la vista.

Vestida con un vaporoso vestido blanco, apareció sobre la cresta de la colina, saltando por los campos, con sus piernas desnudas devorando la distancia con toda la gracia de un ciervo. Su rostro, sin embargo, era todo menos elegante. Dos largos regueros de sangre caían de sus ojos y cubrían sus mejillas. Al acercarse, vio por primera vez a los tres hombres y se dirigió hacia ellos. Con la boca abierta, graznó como si le doliera y chilló:

—¡Ayuda! ¡Ayuda!

Cole fue el primero en bajarse de la silla y acercarse a ella.

—Tranquilo —espetó Lester, con su pistola ya en la mano—. Renshaw, toma la subida y mira si puedes ver algo.

Renshaw gimió, dio una patada a su caballo y lo impulsó hacia la colina.

Mientras tanto, Cole estaba intentando agarrar a la mujer. Tan cerca, podía ver claramente el estado en que se encontraba. Tenía cortes y moretones en la cara, la sangre incrustada en la piel. El vestido abierto, los pechos expuestos, el pelo enmarañado, cubierto de sudor... era obvio para él que había sido atacada. Cuando la tomó por la cintura, ella se defendió como una gata salvaje, agitando los brazos y las piernas mientras él la sujetaba.

—No lo haré —gritó ella—. ¡No lo haré!

La fuerza de su lucha hizo que ambos cayeran al suelo. Cole se aferró, haciendo lo posible por calmarla.

—Está bien —decía él, sujetando sus brazos—. Estás a salvo, no voy a hacerte daño.

Al acercarse, Lester se bajó del caballo.

—Cálmese, señora —dijo, con la pistola grande en la mano.

Con los ojos puestos en la pistola, su rostro se puso blanco. Desesperada, consiguió zafarse del agarre de Cole y retrocedió, extendiendo las palmas de las manos como si se tratara de un atraco.

—Señora —dijo Lester, su voz adquiriendo un tono afilado—, tiene que quedarse quieta ahora.

—Por favor —dijo ella, con la voz quebrada—. No más. Por favor.

—Señorita —dijo Cole, apoyándose en sus rodillas—, todo está bien ahora. Estamos aquí para ayudar. —Lanzó una mirada preocupada a Lester—. Guarde el arma, capitán.

Lester parecía tener dudas. Apartó la mirada, volviéndose hacia donde Renshaw estaba ascendiendo.

—Capitán —dijo Cole de nuevo—. Guarde el arma, la está asustando.

Por fin, Lester lo hizo.

La chica se tranquilizó visiblemente.

Sonriendo, Cole se levantó y le tendió la mano.

—Vamos, todo va a estar bien.

Pero, nunca iba a estar bien.

Renshaw estaba de vuelta con ellos, y respiraba con dificultad.

—¿Qué es?

Renshaw, sacudiendo la cabeza, tomó un gran trago de agua de su cantimplora antes de que le salieran las palabras.

—Hay una iglesia y una casa. Está ardiendo. Y hay hombres. Muchos hombres. Parece que es caballería rebelde.

—Cuántos, malditos sean tus ojos.

Se encogió de hombros, mirando con recelo a la chica.

—Diez. Tal vez doce. Es difícil de distinguir. Tienen gente en el suelo, capitán. Mujeres, niños.

—¿Son tu gente? —preguntó Cole en voz baja, mirando a la chica con esperanza.

Sus ojos se volvieron hacia él. Le temblaban los labios y no pudo más que asentir.

—Muy bien —dijo Lester, como si estuviera tomando una decisión—. Nos movemos alrededor de ellos en un amplio arco. Sólo será un pequeño desvío, así que no significará que vayamos a...

—¿Qué demonios? —dijo Renshaw con incredulidad—. No podemos *dejar a* esa gente así, capitán. Vi lo que estaban haciendo. Las mujeres, estaban siendo despojadas y... Maldita sea, tenemos que ayudarlas.

—No podemos —dijo Lester, con los ojos fijos en la mujer. Estaba sentada, sollozando. Cole se acercó y se arrodilló junto a ella, rodeándole los hombros con los brazos. Esta vez, ella no se resistió.

—Tenemos que hacerlo —dijo Renshaw entre dientes apretados—. Podemos bordear y tomarlos por el flanco. No sabrán qué les golpeó.

—Doce hombres, dijiste. ¿Cómo podemos...?

—Porque están demasiado ocupados violando a las mujeres, por eso, ¡malditos sean tus ojos!

Los ojos de Lester se encendieron, pero sólo brevemente.

—No tenemos tiempo. Tenemos que llegar a su campamento principal, encontrar a Cairns.

—¿Y si Cairns está con ellos? —dijo Cole, sus palabras tomaron a los demás por sorpresa—. Deberíamos comprobarlo.

—¿Viste a Cairns?

Renshaw torció la cara.

—Cielos, ¿cómo podría? Pero, Cole tiene razón. Cairns podría estar con ellos. Son un grupo de exploradores, buscando suministros sin duda. Buscando comida. Como rastreador, Cairns podría estar dirigiéndolos.

Sumido en sus pensamientos, Lester se mordió el labio inferior, sin saber qué hacer.

—Maldito seas —dijo Renshaw, apartando su caballo—, lo haré yo mismo.

—No seas tan condenadamente estúpido —dijo Lester. Señaló hacia Cole y la mujer—. Ella tendrá que quedarse aquí. Te necesitamos, Cole. Si son doce, no podremos...

Cole asintió y se levantó lentamente.

—Estará bien —le dijo a la mujer—. Escucha, tenemos mantas y agua. Puedes sentarte debajo de un árbol y esperarnos. No tardaremos mucho.

—Cole...

—¡Dame un minuto!, ¿no puedes?

Los otros dos aspiraron con fuerza ante la ferocidad de las palabras del joven explorador.

Ignorándolos, Cole ayudó a la mujer a llegar a un árbol. Allí hacía calor.

—Trae unas mantas —dijo él, y Lester lo hizo sin rechistar. Colocaron una sobre la hierba y, después de que Cole la bajara suavemente sobre ella, le puso otra alrededor de los hombros. Le puso la cantimplora en las manos—. Intenta descansar aquí —dijo, y volvió a su caballo.

Sin que nadie dijera nada, se pusieron en marcha, bordeando la base de la ladera para no perder de vista a los hombres del otro lado.

CAPÍTULO DIEZ

Se tumbaron en la hierba, Lester con un telescopio pegado a un ojo estudiando el horror que se estaba produciendo junto a la iglesia blanca de tablones a unos cien pasos de distancia. Lo que quedaba de una casa, o más bien de una choza, ardía sin descanso.

Lester llevaba consigo el rifle Sharps que con tanto cariño limpiaba cada mañana. Cole había mirado, fascinado por la meticulosidad del hombre. Ahora, observaba cómo Lester dejaba el telescopio a un lado y entrecerraba los ojos por el cañón.

—En cuanto dispare —dijo con calma—, ustedes dos bajan ahí, y abren fuego con las armas. No importa a quién le den, si es que le dan a alguien. Los asustan lo suficiente como para obligarles a romper.

—¿Y si vemos a Cairns?

Lester se volvió y estudió a Cole, con el ceño fruncido.

—¿Qué piensas, soldado Cole?

Cole se encogió de hombros:

—Disparar. No matarlo, sólo darle en un brazo para ponerlo en el suelo.

Lester sonrió.

—Monten, chicos. Es hora de empezar la fiesta.

Cole se movió inmediatamente, pero Renshaw se quedó atrás por un momento.

—Esta es una jugada peligrosa.

—Eso es, pero ahora que estamos aquí, no puedo permitir que esas mujeres sean violadas de la forma en que lo están siendo. No es lo que considero que es la guerra.

—Ya veo.

—¿Lo haces? Ya lo dijiste antes.

—Todavía creo que debemos ayudar. Quiero a esos supuestos hombres en la tierra.

—Hacemos esto bien, Renshaw, como lo he ordenado.

—Te escuché.

—Entonces, sube a tu maldito caballo y espera la señal.

Cole estaba revisando su Paterson cuando Renshaw se acercó caminando hacia él. Sin mediar palabra, rebuscó en una de sus alforjas y sacó un par de Colts Navy. Ahora tenía tres pistolas. Le entregó una de las Navy a Cole.

—Es mejor que tengamos dos. Tenemos que disparar todas las balas que podamos.

—¿Estás bien con esto, Renshaw?

—No hay mucho que pueda hacer al respecto. —Suspiró—. Quiero que esos malditos asesinos sean enterrados, Cole, pero no me gusta la idea de que Lester se quede atrás con esa gran arma mata búfalos apuntando directamente a nosotros.

—¿No confías en él?

Renshaw suspiró y sus dedos se enroscaron en el pomo de su silla de montar.

—Hay algo... No sé, Cole. Dice que está preocupado por las mujeres, pero creo que es más bien que quiere a Cairns. Pero, no por las razones que dice. No sé... Todo el asunto... Que estemos aquí se suponía que era para encontrar los planes de Jeb Stuart. El Coronel parecía un poco preocupado por eso en el fuerte. Ahora, todo ha cambiado.

—El coronel me dijo que matara a Cairns.

Renshaw parecía estar a punto de desmayarse.

—¿Te lo dijo? ¿Te lo *ordenó*?

Cole asintió.

—Maldita sea, nunca he oído hablar de algo así... ¿Matar a Cairns? —Sacudiendo la cabeza, se subió a la silla de montar, acariciando las crines del caballo para estabilizarlo.

Ensillando a su lado, Cole puso la Navy en su cintura.

—Hagamos esto, Renshaw. Podemos deshacerlo después de atrapar a Cairns.

—Si alguna vez lo atrapamos.

—Lo haremos. Creo que Lester lo vio a través de ese telescopio suyo.

—Maldita sea, Cole, ¿por qué demonios no dijiste nada?

—¿Cómo qué?

Apretando los labios, Renshaw miró hacia su izquierda.

—Maldita sea...

El disparo hizo que todos se sobresaltaran, hombres y caballos. Renshaw lanzó un fuerte grito, tiró de las riendas y puso su caballo al galope, con Cole a pocos pasos de distancia.

Dieron la vuelta a la ladera tan rápido como les permitían sus monturas justo cuando sonó un segundo disparo. Renshaw iba delante, gritando como un rebelde, con la Navy en la mano. Cole, manteniéndose agachado, captó el pánico que había delante. Vio a uno de los rebeldes en el suelo, a otro de rodillas sujetándose el estómago, que se puso rojo. Los hombres corrían, las mujeres gritaban. Un niño de no más de cinco años corría desbocado, con los brazos por encima de la cabeza. Una niña pequeña, con largas trenzas rubias que se arrastraban detrás de ella mientras corría. Lloraba, gritaba. Cole no podía apartar los ojos de ella. Vio que un rebelde sacaba una pistola y Cole disparó una y otra vez. No estaba seguro de si alguna de sus balas había dado al hombre, pero sin duda le impidió disparar. Se volvió con los ojos desorbitados y Renshaw abrió fuego rápido mientras se desataba el infierno.

Parecía que se encontraban en medio de un pequeño ejército mientras subían sus caballos, que se encabritaban y corcoveaban, relinchando de terror. Había hombres en diferentes estados de desnudez, algunos armados, otros no. Se lanzaban en todas direcciones. Las mujeres, varias en el suelo, se levantaban con dificultad. Un hombre, no un soldado, un predicador vestido todo de negro, con la sangre brotando por debajo de su sombrero de copa alta, tenía las manos unidas en oración, la cabeza vuelta al cielo. Un rebelde con una espada le arrancó la cabeza con tal facilidad que casi parecía una coreografía. Cole, tirándose al suelo, disparó al hombre, sabiendo que era demasiado tarde para el predicador, pero sintiendo una gran satisfacción al verle caer.

Lester, desmontado y bien camuflado en la hierba alta, continuó disparando, lo que sembró tanta confusión en los rebeldes que no sabían hacia dónde moverse. Debía parecer que no importaba en qué dirección se volvieran, un tirador enemigo les disparaba.

Recuperándose lentamente, los rebeldes restantes buscaban cobertura alrededor de la iglesia o buscaban a tientas sus armas. Renshaw, que debía estar a punto de quedarse vacío, disparó a dos de ellos. Agarró su caballo y volvió a montar mientras varias balas pasaban junto a él. Cole echó un vistazo y vio que echaba mano a la Spencer en su funda. Sus pistolas estaban gastadas, pero hizo un buen uso de la carabina. Llevándola hasta sus ojos, a pesar de que el caballo se movía, nervioso y asustado, consiguió mantener un buen ritmo de fuego mientras Cole cambiaba la Paterson por la Navy Colt.

Un rebelde salió de la nada, gritando como un loco histérico, con la boca llena de espuma. Tenía un gran cuchillo Bowie de hoja pesada en la mano y cargaba directamente hacia Cole. Sin detenerse un instante, Cole sacó la Navy y disparó.

El martillo cayó sobre una cámara vacía. Maldiciendo, Cole lo intentó una y otra vez con el mismo resultado.

La pistola estaba vacía.

Renshaw le había dado un revólver vacío.

El hombre estaba casi encima de él antes de que Cole se moviera y le diera un golpe en un lado de la cabeza con la navaja. Trastabillando, el hombre se balanceó, haciendo crujir los dientes, golpeando el cuchillo de lado a lado. Retrocediendo, Cole tiró la Navy y sacó la Paterson. Un solo disparo alcanzó al hombre en el pecho, la sangre brotó antes de que el sonido resonara en los verdes campos.

Con la boca abierta, Cole miró hacia donde creía que estaba Lester, levantó los dedos hasta el ala de su sombrero y esbozó una breve sonrisa de agradecimiento. En el tumulto que siguió, tomó una de las pistolas de los rebeldes muertos y descubrió que tenía tres recámaras cargadas. Sabiendo que no era suficiente, se dedicó a cargar las otras mientras miraba febrilmente a su alrededor, esperando ver más rebeldes corriendo para atacarle. Pronto se dio cuenta de que los supervivientes habían llegado a la iglesia.

Se giró para reñir a Renshaw por haberle dado una pistola vacía, pero no había ni rastro de él. Entre los remolinos de humo, Cole distinguió el caballo de Renshaw, inmóvil como una roca, pero del hombre no había más que la silla de montar vacía.

Alguien lo agarró por el tobillo y él retrocedió de un salto, apuntando con su pistola. Se quedó boquiabierto ante lo que vio. Una mujer, muy golpeada, con la nariz y la boca chorreando sangre, el pelo revuelto, una mano extendida, implorándole.

Inclinándose, le tomó los hombros.

—Está bien —dijo él. Eran las palabras que había pronunciado a la primera mujer, a la que había ayudado, o intentado hacerlo. Fueran quienes fueran esos hombres, soldados o asaltantes, Cole ya no los consideraba seres humanos. Puede que estuvieran desesperados, incluso hambrientos, pero hacer esto...

Ella cayó en sus brazos y él la abrazó, sin dejar de observar la entrada de la iglesia. Oyó que el jinete se acercaba por detrás de él, y supo de quién se trataba.

Lester se bajó de la silla de montar y se quedó a unos metros, con la respiración entrecortada.

—¿Cuántas personas con vida?

—¿Mujeres? —Cole se encogió de hombros, sosteniendo a la temblorosa mujer más cerca—. Todo lo que sé es que hay al menos cinco rebeldes muertos aquí. Gracias por salvarme.

—Te vi dudar. Eso no es bueno, Cole.

—Capitán... —Sacudió la cabeza y enterró su rostro en la parte superior de la cabeza de la mujer.

—Bueno, tenemos que acabar con esto. ¿Dónde está Renshaw?

Cole olfateó y aspiró un poco.

—No lo sé. —Lester frunció el ceño, con la pregunta congelada en los labios. Cole se encogió de hombros—. Me dio una pistola vacía. ¿Por qué iba a hacer eso?

Lester no respondió. En su lugar, tras una rápida mirada a la mujer, dijo:

—Espera aquí, cubre la puerta principal de la iglesia. Yo voy a entrar por la parte de atrás.

Dejó su rifle, sacó sus dos pistolas y se escabulló hacia la parte trasera de la iglesia, el humo lo envolvió, convirtiéndolo en nada más que un fantasma.

Lentamente, Cole se separó de la mujer y levantó el rifle. Era más pesado de lo que imaginaba. Mirando a su alrededor, se dio cuenta con cierta alarma de que había poca cobertura en cualquier lugar al alcance de la mano. Si alguien salía de la iglesia con las armas en ristre, no le quedaría más remedio que hacerlo volar en pedazos. La idea le hizo dar un vuelco al estómago. Nada de esto era lo que quería. Explorar y rastrear... Nadie mencionó nunca nada sobre matar incesantemente. No era ingenuo, y no tenía ideas equivocadas sobre lo que podía significar luchar en una guerra, pero nunca supuso que estaría en primera línea.

Debería haber rechazado la orden del Coronel. Nunca debió alistarse.

—Gracias —dijo una débil voz detrás de él.

La estudió. En otra vida, la encontraría bonita.

—Dirígete hacia la ladera. Te puedes cubrir allí, y una de tus amigas está esperando.

—Pero, ¿y los demás?

Cole observó la escena. El humo se iba desvaneciendo poco a poco a medida que la casa se derrumbaba, lanzando ráfagas de brasas incandescentes. La escena se fue enfocando poco a poco. Mujeres que se acercaban la ropa a sus cuerpos, una o dos ayudando a otras, una madre acunando a su bebé. El zumbido constante de los sollozos.

—¿Dónde están sus hombres?

—Les dispararon. Los llevaron atrás y le dispararon a cada uno por turno. Nos obligaron a mirar.

—Dios mío.

—Les diré a las otras que se alejen.

En una repentina pausa en el humo a la deriva, vio a Lester desapareciendo detrás de la parte trasera de la iglesia.

—Hazlo rápido. No hay mucho tiempo antes de que todo comience de nuevo.

—Lo haré. Pero, ¿y tú? No puedes quedarte aquí al aire libre.

—Estaré bien. —Los ojos de Cole se posaron en el rebelde que había cargado contra él, el que Lester había matado de un solo disparo. Sabía que sólo había una cosa que hacer—. Muévete —dijo bruscamente, y se arrastró hasta el rebelde muerto y se tumbó, utilizando el cuerpo como cubierta. La proximidad del cadáver le hizo subir la bilis a la garganta, pero no había otro lugar donde esconderse, nada que hacer más que tumbarse y esperar. Se tapó la boca y la nariz con el pañuelo y se esforzó por no pensar en el horror de su situación. Sin embargo, se dio cuenta de que no podría permanecer así durante mucho tiempo. En lo más profundo de su ser, surgió la terrible sensación de que el cuerpo se incorporaría de repente, volvería su rostro muerto hacia él y le sonreiría. La idea le hizo estremecerse y, de nuevo, tuvo que luchar para no vomitar. Para mantenerse ocupado, se dedicó a recargar tanto la Paterson como la pistola que había tomado del rebelde muerto. Trabajó metódicamente hasta que ambas estuvieron completamente preparadas.

Se concentró en la entrada de la iglesia, alineando sus pistolas y el rifle Sharps, su respiración se volvió lentamente ligera y fácil. Apenas era consciente de que las mujeres se movían detrás de él, sus sombras cayendo sobre él. Más que verlas, sintió que se alejaban, arrastrando los pies hacia la ladera, y le reconfortó el hecho de que estarían a salvo.

Al menos por el momento.

CAPÍTULO ONCE

Renshaw estaba de espaldas a él. Varios rebeldes pasaban sigilosamente, abriéndose paso por el terreno abierto hasta donde sus caballos estaban ensillados bajo las ramas colgantes de un grupo de árboles. A su alrededor había cuerpos de hombres, civiles, tirados en el suelo, cada uno con una herida de bala en la cabeza... Ejecuciones.

Esperando, Lester sacó sus pistolas y retiró los martillos.

Renshaw se giró, con los ojos llenos de alarma.

—Espere, capitán —dijo rápidamente.

—Traidor es la palabra que usaste —dijo—, y traidor es lo que eres.

—No, no es...

Lester apretó los dos gatillos, uno tras otro, y las balas de gran calibre se estrellaron contra el pecho de Renshaw, lanzándolo hacia atrás. Estaba muerto antes de llegar al suelo.

Rodando hacia delante, Lester apuntó con sus pistolas a los rebeldes que salían de la entrada trasera, corriendo hacia sus caballos. Sabiendo que pronto estarían fuera de alcance, tomó el Spencer de Renshaw y les disparó, una tras otra, accionando la palanca sin pensarlo. Automático. Despiadado. Eficaz. Disparó hasta que el rifle estuvo vacío.

Lo dejó a un lado, preparó sus pistolas de nuevo y entró en la iglesia.

Jadeó.

Cairns estaba allí con una mujer encerrada en sus brazos. Tenía un revólver apoyado en la cabeza, y sus ojos, tan llenos de terror, se clavaban en Lester, suplicándole que la ayudara.

—Me voy a ir de aquí —dijo Cairns con los dientes apretados —. Si haces un movimiento contra mí, quienquiera que seas, la mataré a tiros. Ahora, suelta tus armas y aléjate.

Sin pensarlo un instante, Lester hizo lo que se le pedía. Sus brazos se levantaron automáticamente en un gesto de rendición.

Cairns retrocedió lentamente, con la mujer sollozando en su agarre, y él sonriendo.

Cole aspiró cuando Cairns salió del interior de la iglesia. Sumisa, con los hombros caídos en señal de aceptación silenciosa de su destino, la muchacha en sus brazos lloraba incontroladamente. La distancia que los separaba era de menos de treinta pasos, y Cole pudo ver claramente que Cairns aún no había retirado el martillo de su revólver. Disparó un solo tiro.

Después de vendar su herida, levantaron a Cairns en la silla de montar, ignorando sus gritos de dolor, y le ataron las muñecas al pomo. Debido a sus constantes balidos, Cole le tapó la boca con un pañuelo y lo aseguró con un fuerte tirón.

—Si necesitas beber —dijo el joven explorador—, sólo gruñe, si no, mantén la boca cerrada.

Cole se acercó a su caballo, bebió de la cantimplora que tenía colgada y apretó la frente contra la grupa del caballo. Lester había bajado corriendo los escalones tras el disparo, con una mirada de confuso horror en su rostro. Cuando vio a Cairns retorciéndose en el suelo y a la chica a salvo, se relajó, vio a Cole y sonrió.

Le contó a Cole la muerte de Renshaw, sin omitir ningún detalle.

—Nadie sabrá que fuiste tú —dijo Cole, sosteniendo la mirada del hombre—. Murió en el fuego cruzado.

Lester asintió y no dijo nada mientras recargaba sus armas.

—Me voy al campamento —dijo—. Como habíamos planeado.

—Pero, ahora tenemos a Cairns —dijo Cole con urgencia. La idea de que Lester continuara con la misión le parecía absurda—. Podemos obtener toda la información que necesitamos de él.

—No dirá nada —dijo Lester—. Lo mejor es que husmee y recoja lo que pueda. Necesitamos la dirección del movimiento de Stuart hacia nuestras fuerzas. Una vez que tenga eso, regresaré.

—Más te vale, capitán. Se lo debo.

Lester sonrió.

—Eso funciona en ambos sentidos, soldado. Hoy has demostrado tu valía. Ese tiro que hiciste en Cairns, eso fue algo.

—Nah. Fue como pescar en un cubo, Capitán, se lo aseguro.

Se abrazaron, Lester dio varias palmadas en la espalda de Cole.

—¿Estarás bien, con las mujeres y todo?

—Estaremos bien, sí. Dijeron que hay un pueblo a menos de tres kilómetros de aquí donde las conocen. Las escoltaré hasta allí y luego regresaré al campamento con este pedazo de basura. —Golpeó la pierna de Cairns con un dedo rígido. Cairns gimió y lo miró por encima de la máscara del pañuelo.

—Obsérvalo. Es tan aceitoso como una anguila.

—Oh, no será ningún problema, Capitán. No se preocupe.

—No me preocupa nada que tenga que ver contigo, Cole.

Hizo un último gesto con la cabeza antes de girar sobre sus talones.

—Capitán —gritó Cole.

Lester se volvió, levantando una sola ceja.

—Usted nunca me dijo por qué lo llaman Rojo.

La sonrisa del capitán subió a bordo.

—¿Sabes algo de Inglaterra, Cole?

—Nada de nada. ¡Ni siquiera estoy seguro de saber dónde está!

—Bueno, sabes que soy inglés, ¿verdad? —Cole asintió—. Allí nos encanta el queso. Hay un condado que se llama Leicester, y hacen queso, y es tradicionalmente rojo. Se colorea de rojo desde hace más de doscientos años para distinguirlo de otros quesos. El Leicester rojo. De ahí que se me conozca como Rojo, bautizado así por algunos de los escoceses de mi regimiento que recogieron mi nombre. —Se rió a carcajadas—. ¡La estupidez es que *odio el* queso de cualquier tipo!

Sin dejar de reírse para sus adentros, se dio la vuelta y regresó a pie hasta donde le esperaba su caballo.

Cole observó su espalda y se preguntó si volvería a ver al hombre.

CAPÍTULO DOCE

Llegaron por fin a otra elevación, y desde allí, Cole vio en la depresión un pequeño pueblo. No era gran cosa, un conjunto de varios edificios de tablas de madera, algunos más que aún no se habían levantado del todo, que se aferraban a una única calle central. En el extremo más alejado había una iglesia, el más impresionante de todos los edificios. Las mujeres suplicaron a Cole que las acompañara al pueblo, pero éste se negó, explicando que el tiempo corría en su contra y que Cairns tenía que enfrentarse a la justicia. Ante esto, Cairns murmuró una serie de obscenidades, lo que obligó a Cole a golpearle en la nuca con la culata de su revólver.

Hubo muchos abrazos y lágrimas cuando Cole finalmente se marchó, saludando al grupo por última vez antes de desaparecer entre los árboles en dirección al fuerte de la Unión que él y los demás habían abandonado días atrás.

Sin hablar, Cole condujo a Cairns, desplomado y gimiendo a lomos de su caballo, a través de un paisaje salpicado de árboles y matorrales, hierba exuberante y colinas onduladas. Esta era una tierra agradable, y en otra vida, pensó, sería un buen lugar para establecerse. Sus pensamientos se dirigieron a la tarde que había pasado con Penny y el arrepentimiento se cernió sobre su mente.

Sabía exactamente lo que haría en cuanto volviera al campamento y ese pensamiento le hizo sonreír.

Acamparon junto a un río que bajaba suavemente hacia el lejano mar. Cole tendió su saco de dormir e hizo un pequeño fuego. El tiempo era frío y había poco que comer. Cairns, hosco, mordisqueó el bizcocho duro que Cole le ofreció.

—Esto no es suficiente, idiota.

—Sigue hablando, Cairns, y te daré otra muestra de mi pistola.

—Ahora eres muy duro y resistente, ¿verdad, Cole? No estarías hablando así si estuviéramos cara a cara.

Sabiendo que era una treta para liberarlo, Cole ignoró las burlas del hombre. En su lugar, se acercó a él, le ató las muñecas y lo aseguró a un árbol cercano, dejándole la suficiente holgura como para tumbarse cómodamente. A continuación, despojó a Cairns de sus botas y regresó a su lugar. Permaneció sentado durante mucho tiempo, mirando a la nada mientras la tarde daba paso lentamente a la noche y el fuego se reducía a pequeñas brasas que chisporroteaban.

Se despertó temprano, cuando el amanecer no era más que una marca de lápiz borrosa en el horizonte. Después de revisar a Cairns, se alejó, abriendo un camino entre los árboles hacia las orillas del río. Allí hizo sus ejercicios de calentamiento, calistenia y boxeo en la sombra, antes de quitarse la ropa y sumergirse en el río para refrescar sus ardientes músculos. Después, se sentó y su mente repasó todo lo que había sucedido en los días anteriores. Los ojos se nublaron y, sin ningún pensamiento o acción consciente, lloró. Todo surgió sin control desde el mismo pozo de su alma... Los miedos, las ansiedades, la fragilidad de su juventud, Penny. Tantos remordimientos, tantas acciones que deseaba no haber permitido. Lloró por sí mismo, por lo que su vida había llegado a ser, por los recuerdos de su madre y por lo decepcionada que estaría si pudiera verlo... ¿Y quién iba a decir que ella no podría? A menudo sentía su presencia, su juicio silencioso sobre el modo en que su vida se había desviado, persiguiéndole a cada paso. Ella lo amaba, él lo sabía, y él la había decepcionado.

Tras lavarse la cara de nuevo, se secó y regresó al campamento improvisado para encontrar a Cairns luchando contra sus ataduras, con la cara escarlata por el esfuerzo. Ignorando a Cairns y los numerosos improperios que salían de su boca, Cole encendió un pequeño fuego y preparó café. Bebieron en silencio antes de levantar el campamento y reemprender la marcha a su ritmo habitual y agotador. La tierra era indulgente, la temperatura suave, no había nada que los retrasara o los desviara de su curso.

Hasta que llegaron a la aldea.

Para ser más exactos, no era más que una selección de chozas de barro de diversos tamaños dispuestas en un semicírculo desordenado. Cole no había visto nada parecido antes, por lo que detuvo su caballo y las contempló con gran interés. A su lado, Cairns resopló.

—Probablemente sean Shawnee o alguna tribu destartalada que haya conseguido escabullirse de una reserva. Sucede todo el tiempo.

—¿Shawnee?

—Tal vez, o uno de los otros Rappahannocks. ¿Quién sabe, a quién le importa? Son lo suficientemente inofensivos.

Mientras observaban, varios guerreros montaron en sus ponis y patearon sus monturas hacia los dos exploradores. Cole se tensó.

—¿Estás seguro de que son inofensivos?

—Es lo que creo. ¿Por qué no me das un arma, entonces, al menos tendremos buenas probabilidades si algo va mal?

Volviéndose hacia él, Cole le dirigió una mirada cáustica.

—No lo creo, Cairns.

Cairns se encogió de hombros y soltó una pequeña risita.

—Como quieras. Para mí, todos son unos malditos salvajes, así que mientras te quitan la cabellera, me limitaré a sentarme y disfrutar del espectáculo.

—Estás lleno de buen humor y preocupación, ¿verdad, Cairns?

—Hago todo lo posible por complacer, mequetrefe.

Cole estaba a punto de replicar cuando los guerreros se acercaron, frenando sus ponis a unos diez pasos de ellos. Estaban sentados y mirando.

—Los Shawnee son buenos conversadores —dijo Cairns.

—Cállate, Cairns. —Cole estudió a los cuatro hombres que tenía delante.

Ninguno de los hombres, semidesnudos, con las extremidades brillantes de aceite y el pelo colgando sin fuerza hasta los hombros, habló. Estaban sentados en sus ponis, y tanto el animal como el hombre estaban delgados, casi demacrados, con las costillas claramente visibles bajo su piel... Tan delgada que era casi transparente. Estaban hambrientos y sus ojos, amplios y esperanzados, parecían gritar pidiendo ayuda.

El guerrero líder estudió a los dos exploradores durante algún tiempo, y sus ojos inquisitivos se posaron en las cuerdas que ataban las muñecas de Cairn.

—¿Hablas inglés? —preguntó Cole al fin. No temía a estos hombres. No tenían armas. Dos tenían arcos, pero seguramente estaban reservados para la caza. Algunos estaban acurrucados en sí mismos, viejos antes de tiempo. Estaban sufriendo, todos ellos, y la principal emoción de Cole fue de compasión.

—Un poco —dijo el hombre del frente. Su mirada pasó de Cairns a Cole—. ¿Es usted un agente de la ley?

—Estamos regresando a nuestro campamento —explicó Cole, hablando lentamente—. Este es mi prisionero.

Cairns se burló:

—No le hagas caso. —Se retorció en su silla de montar—. Dispara a estos endogámicos, Cole, antes de que nos disparen a nosotros.

Los guerreros se erizaron, intercambiando comentarios en su propia lengua entre ellos. Incluso sin conocer sus palabras, Cole pudo percibir su malestar. La actitud de Cairns los asustó. Cole estaba a punto de intentar desactivar lo que podría ser una situación peligrosa, pero el guerrero líder llegó primero. Levantó la mano y contestó a sus compañeros con unos comentarios guturales antes de volver a dirigirse a Cole.

—Tenemos conejo. ¿Vienes con nosotros?

Cairns se inclinó sobre su caballo y escupió al suelo.

—Déjame aquí, mequetrefe. No voy a cenar con salvajes.

—Y, sin embargo, tú mismo eres uno —respondió Cole tan rápido como cualquier otra cosa.

Los dos hombres se miraron fijamente.

—Si no tuvieras todos los ases en este momento, mequetrefe, te daría una paliza.

Una fina sonrisa se dibujó en la boca de Cole.

—Oh, creo que podemos encontrar la manera de que intentes precisamente eso, Cairns.

—Estás lleno de bazofia. Siempre lo has estado. La última vez te di una paliza y me pagaste disparándome en la pierna. Esta vez, me has dado en el hombro, pero eso no cambiará nada. Te golpearé hasta que estés muerto, mequetrefe, a pesar de esta maldita pierna y de este hombro acalambrado, así que yo sería muy cuidadoso a la hora de hacer esos arreglos.

Expulsando aire con fuerza por la nariz, Cole asintió hacia el guerrero principal.

—Sería un honor, pero éste estará disfrutando de su propia compañía.

El guerrero gruñó, se giró y habló con sus compañeros. Rápidamente se arremolinaron en torno a un balante Cairns y lo llevaron a un pequeño bosquecillo. Cairns hizo todo lo posible por luchar contra ellos, pero fue inútil. Con poca dificultad, al poco tiempo lo tenían atado a un árbol.

Riendo entre ellos, se dirigieron hacia el campamento, Cole se volvió para ver a Cairns luchando contra las cuerdas, con la cara roja por el esfuerzo y, sin duda, con mucha rabia. No pudo evitar sentir una gran satisfacción ante la angustia del hombre.

· · ·

La comida era sencilla, y Cole, escuchando el lenguaje entrecortado del indio principal, se enteró de algo de la conversación. Mientras varios niños pequeños trepaban por encima de él, Cole se enteró de que el grupo familiar se había liberado de su reserva y había emprendido la marcha por su cuenta. Habían encontrado este antiguo campamento y lo habían convertido en una especie de hogar temporal, reparando las cabañas lo mejor que pudieron. Había caza en los campos y bosques circundantes, pero apenas suficiente para mantenerlos. Afortunadamente, tenían agua fresca del río cercano. La sencillez de su vida llenó a Cole de envidia, pero su constante lucha por encontrar suficiente comida le hizo darse cuenta de lo precaria que era su situación.

—El otro —dijo el guerrero principal—, ¿es un hombre malo?

Cole se abstuvo de responder de inmediato. Cairns no era del todo malo. Sin duda creía en la causa confederada, pero sus acciones traidoras dejaban a Cole con un mal sabor de boca.

—Él está... Equivocado.

El guerrero frunció el ceño.

—No entiendo esta palabra.

—Significa que... Sus pensamientos, sus acciones, no son lo que deberían ser. Rompió nuestras leyes y ha matado a algunos de los míos. Lo llevo de regreso a enfrentar a la justicia.

Asintiendo, el guerrero royó un hueso de pierna antes de arrojarlo al fuego alrededor del cual estaban sentados.

—Tu gente, ¿desea hacer lo mismo con nosotros?

—Sí. Pero, ustedes no han asesinado. —Dejó que su mirada recorriera a los otros hombres. Eran seis en total y, de cerca, no parecían tan feroces como había supuesto. Eran delgados, los rostros demacrados y los ojos con bordes negros. Los niños que se revolcaban jugando y riendo parecían los menos afectados por su difícil situación. Estaba claro que la comida que conseguían atrapar se la daban primero a los más pequeños—. Al menos, no creo que lo hayan hecho.

El guerrero principal se rió.

—No. No lo hemos hecho. La vida en la reserva, era más como una prisión. Reglas. Los hombres se sentían *menos* que los hombres.

—Y, whisky —agregó uno de los otros—. Nos dieron mucho whisky.

Cole arqueó una ceja. Así que algunos de los otros podían hablar inglés. Se preguntó cuántos entendían realmente.

Siguieron hablando durante un par de horas más antes de que Cole se excusara, agradeciéndoles su hospitalidad. Tomando la mano del guerrero principal y bombeándola con gratitud, Cole se sintió mucho mejor que antes de encontrarse con esta gente.

—Te deseo toda la felicidad.

El guerrero principal le dedicó una sonrisa de melancolía.

—Eso depende, amigo mío. —Lo acompañó fuera del campamento después de que Cole se despidiera, especialmente de los niños, algunos de los cuales ya lloraban ante su marcha.

En la subida, el indio agitó la mano en la vista abierta.

—Esta tierra, es lo suficientemente grande para todos nosotros, creo. Sin embargo, tu gente, lo quiere todo. Cuando pases de nuevo por aquí de nuevo, puede que no nos encuentres.

—Espero que se equivoque. Me gustaría traerles comida y provisiones: mantas, utensilios de hierro, maíz.

—Eres amable, amigo mío. Para ser tan joven, hablas con mucha sabiduría y comprensión.

Sintiendo el calor subir a su cara, Cole apartó la mirada.

—Tal vez. El mundo es un lugar loco ahora mismo, y la guerra es algo terrible. Muchos morirán antes de que termine, y muchos de ellos serán jóvenes. Como yo. Nuestra juventud ya se ha perdido por la violencia y el egoísmo de otros.

Volvieron a estrecharse las manos y Cole, con la cabeza gacha, perdido en sus pensamientos, caminó lentamente hacia donde le esperaba Cairns, tan hosco y desdeñoso como siempre.

CAPÍTULO TRECE

A primera vista, poco había cambiado en el fuerte cuando Cole llegó a caballo a la mañana siguiente. El lugar continuaba lleno de actividad, hasta el punto de que nadie prestó atención al joven sucio y de aspecto cansado que conducía a un rufián hosco y de hombros redondeados desplomado sobre una yegua desaliñada. Sin intercambiar palabras ni miradas, Cole desmontó y ató las riendas de ambos caballos a una barra de enganche, y estiró la espalda. Se paró en los escalones de las dependencias del oficial al mando y saludó con la cabeza al guardia de aspecto fornido que estaba de centinela.

—¿Está el Coronel dentro?

El centinela estudió a Cole con una mirada fulminante.

—¿Quién quiere saberlo?

—Me llamo Cole. Me ordenaron traer a este prisionero. —Cole señaló hacia Cairns—. Y, aquí está.

Con un gruñido de respuesta, el centinela se dio la vuelta, golpeó la puerta y entró. Salió unos instantes después con el teniente Danebridge pasando a su lado.

—¿Cole? ¡Dios mío, lo tienes!

Con la cara encendida, el teniente bajó los escalones a toda velocidad, agarró a Cole por los hombros y se volvió y miró a Cairns.

—Te colgarán, Cairns, por lo que has hecho. Espero que te des cuenta de ello.

Sin molestarse en reconocer al oficial, Cairns se limitó a recolocarse en su silla de montar y soltó una fuerte ráfaga de viento.

—Siempre fue un tipo insolente —dijo el teniente, levantando la nariz y señalando con la cabeza al centinela—. Consigue más hombres y escolta a este prisionero al calabozo. —Sonrió—. Perdona mi desliz, Cole, pero yo era un hombre de la marina antes de alistarme en el Ejército del Potomac en cuanto empezaron las hostilidades. Me refería a la cárcel.

El centinela saludó con elegancia y se apresuró a cumplir la orden del joven oficial.

Danebridge se llevó a Cole a un lado.

—El Coronel ha viajado a Camp Nelson para discutir los últimos planes con el General. Estará fuera una semana más o menos. A su regreso, espero que nuestra fuerza marche hacia el oeste y se enfrente al enemigo.

Todavía al alcance del oído, Cairns soltó una risita, sacudió la cabeza, se dio la vuelta y escupió al suelo.

Danebridge miró a la espalda del hombre.

—Sin duda tu informe será una lectura interesante, Cole. Supongo que sabes escribir.

Cole se erizó un poco.

—Puedo, señor.

—Bien. Ah, aquí están Fowles y los otros.

El centinela apareció con otros tres soldados, tan fornidos como él.

—Asegúralo bien, Fowles. No quiero que tenga ninguna oportunidad de escapar.

Los soldados se dispusieron inmediatamente a bajar a Cairns de su caballo para escoltarlo a través del espacio abierto del patio de armas del campamento hasta una hilera de edificios bajos en el lado opuesto. Eran estructuras de aspecto endeble, con tejados inclinados, paredes de adobe agrietadas, ventanas diminutas y puertas desvencijadas. Como todo lo demás en el campamento, parecían temporales. No le infundían a Cole ninguna confianza.

—¿Está usted seguro de que es una cárcel lo suficientemente fuerte como para mantenerlo dentro?

El teniente miró fijamente a Cole.

—Estará allí un día como mucho, así que no hay que preocuparse por eso. Su juicio, con tus pruebas, Cole, será una formalidad. Imagino que lo colgarán pasado mañana.

—Bueno, si está seguro, señor, volveré a mi litera y empezaré de inmediato con ese informe. —Juntó los talones y saludó. Danebridge se lo devolvió y volvió a los confines de los aposentos del coronel.

Esa noche, Cole llamó a Penny, pero no hubo respuesta en su puerta. Al volver al campamento, preguntó por su paradero y el sargento de intendencia le dijo que su padre, el «buen doctor», había partido hacia un lugar desconocido hacía unos días. La única información que pudo proporcionarle fue que Penny se había puesto enferma.

Cole sintió que sus piernas cedían bajo él, lo que le obligó a agarrarse al mostrador que le separaba del intendente.

—¿Enferma?

—Eso es todo lo que sé, jovencito. Podría llamar a la señora Randall en el cuartel de oficiales. Sé que era una buena amiga del doctor. Ella podría saber un poco más que yo. Lo siento.

Al alejarse, Cole se paró en la puerta abierta y se secó la frente con su pañuelo.

—¿Estás bien, jovencito?

Cole no respondió. No quería hacerlo. Presa de un aplastante sentimiento de temor, salió a la noche y se dirigió lentamente hacia donde esperaba encontrar a la señora Randall.

Apenas pudo contener su alivio cuando ella abrió la puerta de su apartamento y dirigió al joven explorador una mirada cortés, aunque curiosa.

—¿Señora Randall? Disculpe, señora. —Se quitó apresuradamente el sombrero y lo sujetó entre ambas manos—. Me dijeron que usted podría conocer el paradero del buen doctor y su hija, Penny. Estoy preguntando debido a que yo soy...

—Tú serás Reuben —dijo suavemente.

Se detuvo. Los ojos de ella ya estaban llorosos y un terrible presentimiento de noticias espantosas se abatió sobre él. Tartamudeó:

—S-sí, lo soy.

—Será mejor que entres.

El apartamento era pequeño y estaba escasamente amueblado, con una única habitación principal y un dormitorio. Como todos los edificios del fuerte del campamento, las paredes eran provisionales y endebles. Temblaron cuando Cole pasó y se sentó en una silla de respaldo duro. La señora Randall permaneció de pie, con los ojos bajos y la boca ligeramente temblorosa. Jugaba con un pañuelo de encaje en las manos, retorciéndolo como si estuviera mojado.

—Mi marido... —Su voz se desvaneció y resopló con fuerza.

A estas alturas, Cole estaba poseído por un presentimiento tal que apenas podía hablar. Su voz crujió y graznó al decir:

—Por favor. Dígame qué ha pasado.

Su cara se levantó y él pudo ver que estaba llorando, las lágrimas rodando sin control.

—Se han ido, Reuben.

Sacudió la cabeza con muda incomprensión.

—Mi marido es capitán del regimiento. Se le acercó un soldado raso enfermo que le dijo que deseaba visitar al médico y recibir alguna medicina para su dolencia, pero que no podía obtener respuesta. Al principio, mi marido se sintió un poco desanimado, preguntándose por qué ese soldado raso no podía entrar en el consultorio, rodear la parte trasera y golpear las ventanas. Finalmente, Nigel, mi marido, acompañó al soldado raso. Efectivamente, el lugar parecía vacío, así que se hizo cargo y ordenó a otros hombres que forzaran la entrada. —Se derrumbó de repente, apretando el pañuelo contra su cara mientras se desplomaba en una silla acolchada enfrente de donde se sentaba Cole—. Estaban ahí dentro. Los tres.

Cole contuvo la respiración, sin atreverse a escuchar lo que esta mujer tenía que decir a continuación.

—Estaban muertos, Reuben. El doctor, su esposa y... Dulce Jesús, la chica, Penny. Todos muertos. Lo siento mucho, Reuben. Lo siento mucho.

Entonces ella se echó a llorar, incapaz de contener sus emociones por más tiempo, y Cole se sentó, entumecido por la enormidad de lo que había oído, la noticia era demasiado terrible para registrarla en su confusa mente. ¿Muertos? ¿Cómo podían estar muertos? ¿Todos ellos, toda la familia? No era posible. Se le quebró la voz cuando logró formular la pregunta:

—¿Cómo?

Sacudiendo la cabeza, la señora Randall lo miró con horror.

—Ellos... *No lo sabemos*, Reuben. El coronel se encargó de ir inmediatamente al campamento Nelson, donde hay otro médico, un tal comandante Steiner, algo así como un experto, según tengo entendido. A su regreso, se hará un examen completo. Sus habitaciones están selladas en caso de que sea algo contagioso. Hasta que haya una investigación completa, todo lo que podemos hacer es esperar.

Como si estuviera aturdido, Reuben regresó a sus aposentos, dando una pequeña oración de agradecimiento por haber completado ya su informe. No estaba de humor ni tenía ganas de hacer nada más que revolcarse y tumbarse en su litera. Cuando varios soldados de tropa entraron en el barracón al terminar sus tareas, ninguno le molestó, todos cayeron en un incómodo silencio. Quizás ya lo sabían. Las noticias viajaban rápidamente por el campamento.

No podía concentrarse en nada, su mente era un trapo retorcido de emociones contradictorias. Sin embargo, una cosa le preocupaba más que cualquier otra. Le carcomía la fibra de su ser. ¿Por qué Danebridge no le había mencionado nada de esto? ¿Por qué le había dicho a Cole que el coronel había ido a Camp Nelson a revisar las órdenes de batalla y no la verdad de que había ido a buscar al doctor Steiner? ¿Era un verdadero error o el coronel le había prohibido expresamente al teniente que se abstuviera de hablar abiertamente de los acontecimientos con Cole? Al no encontrar ninguna respuesta, Cole consiguió por fin apartar esos pensamientos del fondo de su mente y se sumió en un sueño agitado.

CAPÍTULO CATORCE

Se despertó antes del amanecer y salió al exterior. El campamento estaba en silencio, nadie se movía aún. El único signo de actividad era un centinela solitario de pie en las murallas que miraba a través de los campos grises y fríos. Cole lo miró con nostalgia, deseando ser ese centinela en ese momento. Los pensamientos de Penny volvieron a su mente... Su rostro, el sonido de su voz, su risa. Esos ojos, que siempre bailaban con la luz de la felicidad interior. ¿Qué había sucedido para extinguirla? ¿La enfermedad? Pero, para que los tres estuvieran enfermos, eso significaría que era algo contagioso, y por lo tanto, un peligro para todos en el campamento. Seguramente, el coronel habría impuesto algún tipo de cuarentena, o incluso el abandono del campamento.

Exhalando una fuerte bocanada de aire, se frotó la cara con las manos y decidió tomar su caballo y salir al único lugar que podía ofrecerle algún tipo de consuelo: el campo abierto.

Cabalgó durante mucho tiempo. Esta no era una tierra en la que se sintiera a gusto. Demasiados árboles, demasiada hierba. Añoraba la extensión de las llanuras, las altas montañas, la promesa de volver a su rancho familiar. Le habría gustado llevar a Penny a su casa, presentársela a su padre y demostrar a todos lo orgulloso que estaba.

La juventud no puede dar paso a la edad y a la experiencia hasta que no pasa el tiempo. Cuando frenó su caballo y se quedó mirando hacia un grupo de árboles, pudo oír el débil sonido del agua, oler la dulzura del aire. Y en todas partes, en la hierba, en el cielo, en la forma en que las sombras jugaban entre el paisaje ondulado, vio su rostro. Esos ojos danzantes, esa hermosa sonrisa, y su voz, empapada de miel, dulce, suave y verdadera. Penny.

En un arrebato, toda su falsa valentía, su autocontrol y su fuerza se evaporaron antes de que pudiera detenerse. Rompió a llorar y lloró incontroladamente por todo lo que había perdido. Su antigua vida, su madre, Penny. Todo se combinó para tragarlo en una nube envolvente de tristeza y desesperación.

¿La vida volvería a ser la misma?

Su regreso al campamento fue lento y constante. Sumido en sus pensamientos, necesitaba saber la verdad de lo que había sucedido. Necesitaba que el coronel regresara.

Como había previsto Danebridge, el juicio de Cairn fue una formalidad. Cole se sentó en silencio al fondo, con los brazos cruzados, mirando a lo lejos, vagamente consciente de lo que ocurría a su alrededor. Ya nada tenía gran significado para él, pero hizo lo posible por escuchar. Un joven subteniente defendió a Cairns con un celo admirable, pero las pruebas resultaron ser demasiado abrumadoras para que los oficiales residentes, dos mayores de aspecto rudo que lucían enormes bigotes de manillar y expresiones aburridas, junto con un capitán de artillería cuya viciosa y lívida cicatriz que recorría la ruina de su mejilla izquierda acaparaba la atención de todos, pudieran reflexionar sobre su juicio durante más de unos minutos.

Cairns se puso en pie cuando se anunció la sentencia. No reaccionó ante la noticia de su inminente condena a la mañana siguiente. Sin mirar, giró sobre sus talones y su escolta lo llevó de vuelta a su celda.

Desesperado por abandonar el ambiente opresivo de la improvisada sala de justicia, Cole salió al sol de la tarde y se tomó un momento para respirar el aire fresco. Se alejó del patio de armas y del constante golpeteo de los martillos y el chirrido de las sierras mientras un grupo de soldados en camisa trabajaba en el montaje de un andamio. Cole tenía pocas ganas de contemplar o, de hecho, presenciar la ejecución de Cairns a la mañana siguiente. Ya había tenido suficiente con la muerte por ahora.

Llamó al cuartel de Danebridge y le dijeron que el teniente se había ido. Tal vez había cabalgado hasta Camp Nelson para reunirse con el coronel Astley. El centinela de la puerta no lo sabía, y su expresión le decía a Cole que no le importaba.

—Entonces, ¿quién está al mando?

—El teniente Danebridge nunca estuvo a cargo.

—Está bien, pero la pregunta sigue en pie.

El centinela le dirigió una mirada sombría.

—Mayor Knowles.

—Estuvo en el juicio, creo.

—¿Juicio?

—Corte marcial, entonces. Cairns fue sentenciado. Será colgado mañana.

El centinela chasqueó la lengua.

—Deberían echarlo a los perros. ¿A cuántos de nuestros muchachos ha enviado a una tumba temprana, eh?

—Demasiados. Pero, al menos, acaba pronto.

—Hasta que volvamos a enfrentarnos a los rebeldes y nos den otra paliza.

—¿Crees que recibiremos otra paliza?

—Las cosas no han ido bien, ¿verdad? El presidente prometió

de todo cuando estalló esta furia, pero aún no he visto que salga nada bueno de toda esta matanza. ¿Peleaste en la batalla?

—Soy un explorador, así que no he visto combates en el campo, pero —dijo rápidamente al notar que la expresión del centinela se volvía agria—, he estado en varios tiroteos. Lo sé todo sobre matar.

El centinela le echó una larga mirada de pies a cabeza y viceversa.

—No eres mucho mayor que un pollito recién puesto. ¿Cómo es que has estado luchando?

Cole se encogió de hombros.

—He tenido que aprender rápido. No estoy orgulloso de nada de lo que he hecho, pero el hecho de matar me ha enseñado mucho.

—¿Lo ha hecho? Por Dios. —El hombre apartó la mirada, repentinamente serio—. Bueno, tengo que admitir que todavía no he visto nada. Sólo marchando y buscando comida. No he visto más que un par de botas de rebeldes en un escalón del porche.

—Decepcionado, ¿verdad?

—¡Santo Dios, no! Seré un hombre feliz si, cuando este lamentable lío termine, puedo decir que nunca disparé mi mosquete con ira. Tengo miedo y no me importa decírtelo. —Frunció el ceño profundamente—. ¿Tienes miedo?

Cole se dio cuenta de que, a pesar de su bravuconería y rudeza, el centinela no podía ser más de un par de años mayor que él.

—Todo el tiempo.

Esta confesión pareció aliviar al centinela, que sonrió por primera vez desde que empezaron a hablar.

—Dentro de una hora no estoy de servicio. Me gustaría invitarle a una copa tranquila más tarde, si me hace el honor.

Cole se quitó el sombrero. Estaba lleno de tristeza y dolor por Penny, y no estaba seguro de poder soportar una noche de relajación. La idea le hacía sentir culpable.

—Tengo mis propios deberes, siento decirlo.

—Bueno, ¿entonces, en otra oportunidad? Me llamo Barnes. Finias Barnes. —Extendió la mano. Cole la tomó, se presentó y se alejó hacia su cuarto de barracas sintiéndose pesado y triste.

Horribles imágenes intermitentes de rostros gritando, rostros sonrientes, rostros cenicientos y blancos como la muerte llenaron sus momentos de sueño y se despertó con un sobresalto, sentado como un rayo, inundado de sudor. En el rincón, Penny estaba de pie, vestida con una bata blanca, con el rostro oculto por un velo, con la mano tendida hacia él, implorándole:

—Reuben —susurró ella—, Reuben, te echo de menos...

Apartándose de esta visión, con las entrañas retorciéndose dentro de él, su madre estaba de pie cerca de su cama, con su cara de preocupación, los ojos muy abiertos y llenos de lágrimas.

—Mi hijo, mi hijo...

Echando las mantas hacia atrás, Cole se tambaleó hacia atrás, perdido en la oscuridad y en los horrores que presenciaba, mientras las campanas repiqueteaban más fuerte que cualquier otra cosa, una constante e interminable cacofonía de sonido acompañada por una única voz ansiosa y sobresaltada:

—¡A las armas, hombres! ¡Llamen a la guardia!

—Cole, ¿qué demonios?

Se giró y gritó cuando un soldado alto le agarró por el hombro:

—¿Qué estás haciendo?

Al despertarse, Cole se dio cuenta de que su pesadilla despierta era, al menos en parte, una realidad. Los hombres corrían por la sala del cuartel, se ponían las botas y las túnicas y buscaban los mosquetes mientras cundía el pánico.

Observando todo como desde la distancia, Cole dio un salto cuando la puerta principal se abrió de golpe, una figura llenando el espacio, rugiendo:

—¡Reúnanse en el patio de armas de inmediato!

Menos de cinco minutos después, el centro del campamento se llenó de los hombres del regimiento reunidos apresuradamente, los sargentos revisando las líneas, varios hombres abotonando rápidamente las túnicas, ajustando los pantalones, un murmullo expectante se extendió por ellos.

—¡Atención! —rugió un enorme sargento mayor que flanqueaba a un grupo de oficiales que esperaban pacientemente a que los hombres se tranquilizaran. Al instante, las voces cesaron y los soldados se enderezaron. Cole, que estaba un poco alejado, observó que el sargento mayor era su entrenador, Arnoldson. También observó que el oficial que se adelantaba era el mayor Knowles.

—Escuchen con atención, hombres —comenzó el mayor, sus ojos escudriñando a los soldados reunidos—. El prisionero, Cairns, se ha escapado y ahora mismo se dirige a las líneas enemigas. —Los murmullos volvieron a surgir. Arnoldson miró fijamente y todos se detuvieron—. Esto significa que los rebeldes, una vez que Cairns les haya informado de nuestra situación, vendrán hacia aquí en un tiempo doblemente rápido. Por lo tanto, tenemos que prepararnos en un alto estado de preparación. Se enviarán exploradores, se preparará la artillería y se limpiarán y prepararán los mosquetes. No somos más que una pequeña parte del Ejército del Potomac, pero sin duda somos los más vulnerables. Sólo somos ochocientos aquí, y un asalto a gran escala exitoso expondrá el flanco del ejército y lo hará retroceder hacia el mar. El éxito del plan del General McClellan para derrotar a las fuerzas rebeldes podría depender de cómo respondamos a esta situación. Sé que prevaleceremos, hombres. Dios está con nosotros, y estoy seguro de su capacidad para vencer.

Los hombres, al unísono, gritaron su aprobación y alzaron sus voces en salvajes vítores, muchos blandiendo sus mosquetes, algunos lanzando sus kepis al aire.

Knowles observó esto pacientemente, asintiendo con satisfacción a las reacciones del batallón. En voz más baja, dijo:

—Sargentos, háganse cargo de sus compañías y cumplan sus órdenes.

Se apartó y, acompañado por otros dos agentes, cruzó hacia donde estaba Cole.

—Bueno, Cole, ¿estás listo?

Sin saber a qué se refería el mayor, Cole hinchó el pecho.

—Listo y dispuesto, señor.

—Buen hombre. Eres el único explorador que tenemos y la tuya es una carga pesada, pero debes rastrear a Cairns antes de que llegue a las líneas enemigas.

—Y, ¿traerlo de vuelta, señor?

Knowles apartó la mirada. Uno de los otros oficiales se acercó.

—Lo que sea necesario, Cole. Nuestra única preocupación es que no pueda informar a los rebeldes de nuestra situación.

—Entiendo, señor.

—Has demostrado tu valentía más de una vez, Cole —dijo Knowles—. Sé que tendrás éxito. Vete en cuanto estés preparado.

Cole saludó y esperó a que los agentes se alejaran antes de permitirse relajarse. Se sorprendió un poco al ver a Arnoldson de pie, mirando fijamente.

—¿Sabemos cómo logró escapar?

Arnoldson dio un paso más.

—Parece que tuvo ayuda interna. —Un movimiento de cabeza—. Sin duda el cómplice que le ha estado proporcionando nuestros planes todo el tiempo. Danebridge.

Cole tomó aire y se dio unos momentos para recuperarse del shock de esta revelación.

—Estarán desesperados y serán peligrosos ahora que sus engaños han sido expuestos. Necesitaré ayuda si quiero traerlos a ambos.

Arnoldson sacó la punta de la lengua y se la pasó por el labio superior.

—Me han ordenado que le suministre un rifle eficaz con

capacidad para acertar un objetivo a más de seiscientas yardas si lo dispara un francotirador entrenado.

Hizo una pausa. Cole le sostuvo la mirada.

—No soy un asesino si eso es lo que está insinuando, sargento.

—No, pero hay que detenerlos, Cole. Si no, podríamos ser objeto de un ataque devastador.

—Así que esa es la ayuda que tengo, ¿no? ¿Un rifle?

—Uno condenadamente bueno, Cole. Tal vez no sea tan bueno como los que se les suministra a los rebeldes, o incluso a algunas de nuestras otras tropas, pero ha sido adaptado y es lo mejor que tenemos en este momento. Reúnete conmigo en el campo de tiro en cuanto puedas, y podrás disparar unas cuantas rondas para acostumbrarte, por así decirlo. —Arqueó una ceja—. Hablando de práctica, supongo que has mantenido los pequeños trucos que te enseñé.

—Todos los días.

—Bien. Podemos probarte en eso también.

El sargento giró sobre sus talones y se marchó, dejando que Cole reconsiderara cuál era exactamente su papel en este ejército.

CAPÍTULO QUINCE

Por quinta vez, el chasquido del rifle sonó en todo el campo de tiro, la bala golpeó infaliblemente en el centro del blanco. Cole estaba tumbado, con una carabina Luttich modelo 1843 en la mano. Arnoldson le dijo que era propiedad del comandante Knowles, quien la había confiado personalmente a las capaces manos de Cole. Tal decisión parecía bien probada. El primer disparo se había desviado hacia la izquierda, por lo que Cole tuvo que reajustar las miras. Ahora, con todo bien ajustado, los siguientes disparos fueron perfectos. Había aumentado el alcance cada vez, y ahora, con el blanco colocado a ochocientos pasos, la bala dio directamente en el blanco.

—Justo en el blanco —murmuró Arnoldson, que estaba viendo cada disparo a través de un juego de binoculares de fabricación alemana. Cuando Cole se levantó de su posición, Arnoldson le entregó los binoculares y su estuche—. Tómalos. Un regalo, si quieres.

Cole miró fijamente la maravillosa pieza de ingeniería del equipo.

—Así que, lo preguntaré de nuevo. ¿Estoy solo en esta labor?

—No podemos prescindir de un solo hombre, Cole. Si fallas... —Se encogió de hombros.

Soltando un largo suspiro, Cole devolvió los binoculares a su estuche y lo cerró.

—Me pondré en marcha ahora mismo. ¿Sabemos cuándo se escapó Cairns?

—No. Su huida no fue descubierta hasta que el guardia de turno debía ser relevado. Eso sería alrededor de las cuatro de la mañana cuando se dio la alarma.

—¿El guardia fue superado?

Arnoldson bajó las comisuras de los labios.

—El guardia estaba muerto, degollado. Probablemente por Danebridge.

El silencio se extendió entre ellos.

—¿Quién era? —preguntó por fin Cole.

—Un joven soldado llamado Barnes. —Se detuvo y frunció el ceño.

Frotándose la frente. Cole luchó por no desplomarse mientras la sangre se drenaba de él. Otra muerte. Sintió como si unas manos invisibles le apretaran la garganta, estrangulándolo.

—¿Cole? ¿Lo conocías?

Desesperado, Cole se pasó la mano por la cara en un vano intento de borrar los horrores que amenazaban con aplastarlo.

—¿Finias? Lo conocía... Solo un poco. Pero, hablamos juntos. Me había invitado a tomar una copa con él y yo... Dios mío, asesinarlo así.

—No tienen escrúpulos, eso es seguro.

Recogiendo su rifle, Cole hizo ademán de darse la vuelta, pero la voz ronca de Arnoldson lo detuvo bruscamente.

—Todavía necesito ver si puedes manejar a Cairns sin recurrir a las armas de fuego.

—Ahora no, sargento. Esta búsqueda se ha vuelto algo más urgente.

—Aun así. —Arnoldson cerró el puño—. Da un golpe.

Exhalando el aliento, Cole dejó el rifle y los binoculares, tiró el sombrero y se puso medio agachado.

—Maldito seas.

—Así es, maldita sea. Ahora, dame un golpe.

Fue breve, pero cualquier observador habría quedado impresionado. Cole amagó con un golpe largo, se controló a sí mismo y, cuando Arnoldson se preparaba para contraatacar, Cole bailó hacia un lado, golpeó con su bota la rodilla del hombre grande y lo derribó mientras se doblaba hacia adelante con un golpe de izquierda.

Recogiendo sus pertenencias, Cole lanzó una mirada fulminante al sargento.

—Si fueras Cairns, te rompería el cuello. Pero no lo eres, así que te dejaré comer la tierra. Hasta la vista, sargento.

Gimiendo, Arnoldson rodó sobre su espalda y parpadeó hacia el cielo.

—Cielos...

Cole no se molestó en responder y se alejó a grandes zancadas hacia los establos del campamento para preparar su caballo.

En el campamento se produjo un caos loco e incontrolado. Al menos dos docenas de hombres preparaban varias piezas de artillería de tres kilos, mientras que a su alrededor, los soldados se mezclaban, corriendo aquí y allá, muchos escalando escaleras para ocupar las murallas del fuerte que los rodeaba. Ya había observadores en la torre de vigilancia, con telescopios escudriñando el horizonte lejano. Sin embargo, lo que llamó la atención de Cole fue ver al comandante Knowles conversando profundamente con otros dos oficiales y, un poco más atrás, la señora Randall. Él la miró, y ella se apresuró a acercarse, enjugándose los ojos con un pañuelo.

—Reuben —jadeó ella, pareciendo bloquear su acercamiento—. Reuben. Es el ordenanza del Mayor Steiner, un tal Teniente Pace. Mi marido ha vuelto con él y ellos...

Ella se derrumbó y Cole, olvidando momentáneamente cualquier decoro, la tomó por los hombros.

—¿Sra. Randall? ¿Qué pasa?

—El médico, el teniente Pace, quiero decir, ha examinado los restos... Reuben, lo siento. —Resopló con fuerza y lo miró fijamente a los ojos con tanta preocupación que Cole volvió a experimentar esa horrible sensación de colapso inminente que le envolvía—. Penny y su familia, ellos... Oh, querido Señor, no hay nadie más que te diga esto. Fueron asesinados, Reuben. Los tres. *Asesinados*.

Cole dejó caer las manos y se llevó un puño a la boca para evitar gritar su desesperación.

———

Se alejó como si hubiera entrado en otro mundo, donde solo existía él. El mundo real continuaba a su alrededor, pero él ya no era consciente de ello. Se alejó a trompicones hacia los escalones de la prisión improvisada y se desplomó sobre ellos.

—¿Cole?

El sonido de su nombre le obligó a levantar la vista. Allí estaba el Mayor Knowles, serio, preocupado, con las cejas erizadas, su mirada oscura y sin pestañear.

—Cole. Sé que eras amigo de... —Se dio la vuelta, suspiró—. Hemos hablado, y lo que hemos sacado es una conclusión bastante horrible. El buen doctor debe haber descubierto de alguna manera la verdadera identidad de Danebridge. Sabemos que el teniente visitó los aposentos del doctor, y está claro lo que ocurrió.

—Danebridge. Él lo hizo, mató a toda la... —Cole apretó su cara entre sus manos.

—Ahora tenemos una situación aún más apremiante, Cole. No sólo es imperativo detener a Danebridge y Cairns, sino que tememos por el Coronel Astley. Debe estar ahora mismo viajando de vuelta desde el Campamento Nelson con el Doctor Steiner. Si se encontraran con Danebridge y Cairns... Bueno, no necesito explicarte cuál sería el resultado.

—No —dijo Cole, recomponiéndose, el nudo que se le retorcía en las tripas convirtiéndose en una sólida bobina de acero. Se levantó, apretó los dientes y gruñó—: Me iré ahora, Mayor. Y no lo defraudaré, ni a usted ni a nadie más.

Marchó hacia la caballeriza, con la mirada fija en el frente. Penny, la querida Penny, su amistad tan breve, tan llena de promesas, estaba muerta. Asesinada. Puede que no sea un asesino, pero ahora tenía todas las razones para poner fin a esta pesadilla de una vez por todas.

Tomaría venganza.

CAPÍTULO DIECISÉIS

Fueron descuidados en su huida. A Cole no le costó mucho seguir su rastro. Se obligó a frenar su persecución, sin querer que su deseo de venganza le nublara el juicio. En constante alerta, encontró el flujo de la tierra verde fácil de navegar. Los numerosos árboles le daban mucha sombra para protegerse del sol, y empezó a disfrutar del paseo, a pesar de la razón por la que estaba allí.

En una pequeña depresión, se encontró con la evidencia de un campamento. Los restos de un conejo yacían entre las brasas ennegrecidas del fuego, y recordó cómo la familia de Shawnee le había dado comida no hacía mucho tiempo. Una punzada de arrepentimiento por no haberles llevado algunas provisiones le hizo reflexionar sobre cómo, a pesar de lo agradable que era este campo en comparación con su propia tierra, la vida seguía siendo una lucha.

Siguió adelante y acampó unas horas más tarde. No encendió el fuego, pero el aire era suave, y una cena a base de galletas y agua fue suficiente para aliviar los ruidos de sus entrañas.

La mañana amaneció fresca y luminosa. Ajustó una bolsa de arpillera alrededor del cuello de su caballo. Llena de avena y cebada, la yegua probablemente comió mejor que él. Estaba bien acostumbrada a la bolsa y la bajó al suelo para masticar su contenido con poca dificultad. Cole se acercó a unos árboles cercanos para hacer sus necesidades antes de estirar la espalda.

Oyó casi inmediatamente el inconfundible sonido de un caballo que se acercaba. Apresuradamente, desenfundó su Colt Dragoon, su segunda pistola permanecía en una de las alforjas en su improvisado campamento, y se arrodilló lentamente.

El sonido que se acercaba lo confundió. Sabía con certeza que Cairns y Danebridge no podían haber retrocedido. Había pocas posibilidades de que se dieran cuenta de su persecución, así que tenía que ser otra persona. Ningún Shawnee ni ningún otro nativo sería tan descuidado en su aproximación. Por lo tanto, cualquier otra persona que estuviera aquí en este momento debía ser...

Casi gritó cuando apareció el jinete. Encorvado sobre su montura, con una mano colgando sin fuerza a su lado, con un rastro de sangre seca claramente visible, y la otra agarrando las riendas, el hombre estaba en cierto apuro. Con la cabeza descubierta y agachada, sin embargo, era fácilmente reconocible como el coronel Astley.

Enfundando su arma, Cole atravesó los árboles circundantes y corrió hacia su oficial al mando. El caballo se asustó y casi se desbocó. El Coronel, alertado por el súbito frenesí de su montura, lo controló con consumada habilidad y volvió la cara hacia Cole, que estaba de pie a dos pasos de él, respirando con dificultad, pero con una amplia sonrisa.

—Querido Señor —graznó el Coronel—. ¡Pensé que mi fin había llegado!

Acercándose, Cole se fijó más en el estado del coronel y vio, para su alarma, que la piel del hombre tenía una palidez mortal, sin sangre. Tenía los ojos enrojecidos y los labios azules. Cuando el coronel Astley forzó una sonrisa, se hizo evidente que estaba sufriendo, ya que su expresión, por lo demás amistosa, se transformó en una mueca de pura agonía.

—Me han disparado más de una vez, Cole, y estoy cerca de la muerte, pero por Dios, ¡es bueno verte!

Con ello, toda la fuerza que lo había llevado hasta aquí lo abandonó y, apenas consciente, se desplomó de lado. Cole lo tomó y lo bajó con cuidado al suelo. Se tomó un breve momento para asegurar el caballo a la rama de un árbol cercano antes de volver al Coronel, Cole se arrodilló junto a él, sosteniendo la cabeza del hombre. Habló con toda la tranquilidad que pudo.

—Yo lo atenderé, Coronel. Tengo agua en mi campamento y prepararé un café fuerte. He aprendido a hacer y aplicar una cataplasma a su herida. Le ayudaré a salir adelante.

Los ojos del Coronel apenas lograron parpadear.

—Dios te bendiga, Cole, pero temo que mis fuerzas no me alcancen hasta el final de la mañana.

—¡Tonterías, Coronel! Todo lo que necesito que haga es aguantar. ¿Me oye? —Se produjo el más leve de los asentimientos, que bastó para una respuesta, y dio a Cole un poco de ánimo—. Aguante.

El viaje de vuelta al campamento del ejército fue lento. Cada trozo de terreno irregular, cada roca oculta o cada raíz de árbol que obligaba al caballo a apartarse, resbalar o tropezar, hacían gemir al coronel. Con los dientes apretados, lo único que Cole podía hacer era poner la cara hacia delante y rezar para que los kilómetros desaparecieran.

Finalmente, la entrada del campamento quedó a la vista. Los centinelas, al ver a Cole y su carga, se apresuraron a ayudar a su comandante a entrar en una habitación.

Pronto, mientras Cole se ocupaba de los caballos, el mayor Knowles lo alcanzó, con el rostro serio y preocupado. Una mirada a la sombría expresión de Cole lo hizo caer en un pozo de desesperación más profundo.

—Va a morir, ¿verdad?

Cole no se atrevió a mirar a los ojos del comandante. En su lugar, miró al suelo mientras pateaba una piedra imaginaria.

—Creo que sí, Mayor.

—¡Maldita sea, y malditos sean! —Se golpeó la palma de la mano con el otro puño—. Supongo que fueron ellos, Cairns y Danebridge los que hicieron esto.

—No puedo ver que sea nadie más.

—Y, ¿qué hay de ellos? ¿Te encontraste con ellos?

Cole negó con la cabeza.

—Había señales, pero luego el Coronel apareció. Así que, estoy pensando... —Exhaló un fuerte suspiro—. Supongo que deben haberle hecho una emboscada mientras viajaba de vuelta desde Nelson. En cuanto haya descansado mi caballo, volveré a salir a buscarlos. Cabalgan con la arrogancia despectiva de quienes se creen invulnerables. Los atraparé y los traeré.

—Te doy dos hombres, Cole. No puedo permitir que logren su objetivo. Llegaron noticias mientras estabas fuera. Se ve sombrío. El nuevo comandante de los rebeldes les ha dado un renovado sentido de fe. Nuestras tropas están siendo presionadas fuertemente, y muchas unidades están en retirada. El tiempo no está de nuestro lado, Cole.

Se alejó, y Cole, que seguía mirando al suelo, supo que el ajuste de cuentas estaba cerca.

CAPÍTULO DIECISIETE

Cole retrasó su salida un día más. La noche anterior, el Coronel Astley abandonó su lucha, y Cole, junto con todo el regimiento, permaneció en silencio para presentar sus respetos mientras el Comandante era enterrado con todos los honores ceremoniales.

Más tarde, con el ánimo dominante en el campamento, Cole conoció a los dos soldados a los que se les había ordenado acompañarlo en su búsqueda para llevar a Cairns ante la justicia. Eran jóvenes soldados rasos, quizás uno o dos años mayores que sus supuestos dieciocho años. Por el aspecto de sus rostros lisos, Cole se preguntó si ellos también habían mentido para conseguir el uniforme.

Su conversación fue breve y, con sus caballos bien preparados con raciones, agua, municiones, el omnipresente rollo de manta y comida extra guardada en las alforjas de Cole para sus amigos indios, los tres hombres partieron a última hora de la tarde. Nadie se despidió de ellos ni les deseó suerte... Ni siquiera el comandante Knowles, que había permanecido en su cuartel desde el entierro del coronel. El rumor que corría decía que era un bebedor empedernido, así que sin duda estaba encontrando consuelo en el fondo de un vaso de whisky.

Como antes, Cole retomó el camino y, tras llegar al lugar donde se había encontrado con el coronel Astley, acamparon. Comieron una abundante cena, y Cole se sintió aliviado de no tener que consumir la ración habitual de galletas. Uno de los hombres, que se había presentado como Campbell, frió rebanadas de tocino curado, que todos masticaron con fruición. Anderton, el segundo soldado, hizo la primera guardia y la noche transcurrió sin incidentes.

A la mañana siguiente, partieron temprano y cruzaron campos ondulados, alejándose de las viviendas y de alguna granja. Pronto, Cole reconoció la zona como aquella en la que vivía el grupo de Shawnee. Detuvo su caballo en la subida y se quedó mirando la depresión en la que los Shawnee le habían saludado, alimentado y mostrado una amabilidad que creía que no volvería a experimentar.

—¿Qué es eso? —preguntó Anderton acercándose.

Los ojos de Cole se entrecerraron al contemplar la vista.

—Sea lo que haya sido —dijo Campbell, acariciando el cuello de su montura—, ya no lo es.

Una puñalada de dolor golpeó a Cole en la garganta. Apretando los ojos para evitar que una lágrima cayera por su mejilla, Cole sacudió las riendas y avanzó con cautela.

El olor a leña quemada flotaba en el aire mientras Cole arrastraba su caballo entre los restos del destrozado campamento Shawnee. Desmontó y, sacando su revólver, entró en una de las cabañas, la única cuyo techo seguía intacto. El resto eran esqueletos destripados de lo que habían sido, con vetas negras de aceite que manchaban las paredes exteriores.

El sabor de la muerte estaba en todas partes.

Deteniéndose por un momento fuera de la entrada de la cabaña intacta, Cole respiró hondo y se metió dentro.

Los niños estaban allí. Tres de ellos, con sus pequeños cuerpos esparcidos por el suelo, sus rostros congelados en el espantoso rostro de cera de los muertos. Junto a ellos, sus madres, ensangrentadas, con las ropas desgarradas. Un solo guerrero estaba sentado en el rincón más alejado, con los ojos muy abiertos y el enorme agujero en la garganta como testimonio de lo ocurrido.

—Oye, Cole —gritó uno de los otros—, hay cuerpos aquí afuera.

Tragándose los sollozos que amenazaban con salir de su boca, Cole salió al exterior y se dirigió a donde estaban los demás, hipnotizados, mirando a un grupo de guerreros despedazados, con los cuerpos salpicados de sangre.

—¿Conoces a esta gente?

Cole levantó la vista y se obligó a encontrarse con la mirada interrogante de Campbell.

—Cuando estaban vivos, sí.

Al notar el tono peligroso en la voz de Cole, los demás no continuaron con su interrogatorio.

Le tomó cierto tiempo, y Cole, que no había vivido mucho en esta tierra y sus costumbres, no sabía cuál era la mejor manera de proceder, pero decidió enterrar a los niños en tumbas poco profundas junto a sus madres. No sabía quién era quién, por supuesto, pero estaba seguro de que, pasara lo que pasara después de la muerte, se buscarían de alguna manera. Los guerreros fueron enterrados a poca distancia.

Sus dos compañeros ayudaron, y lo hicieron en silencio. Cuando terminaron, se sentaron todos en un pequeño claro cubierto de árboles, bebieron agua de sus cantimploras y miraron a lo lejos.

—Me parece —dijo Campbell por fin—, que la gente es gente, sin importar su color. —Dirigió su mirada hacia Cole—. Al final, todos volvemos a la tierra.

—Lo que hicimos aquí, enterrarlos —añadió Anderton—, fue lo correcto.

La quietud entre ellos continuó mientras se ponían en marcha una vez más. Cole retomó el rastro bastante pronto, bajando de su montura para investigar las huellas en el suelo. Estaba resultando más difícil que antes debido al tiempo que había pasado desde que los dos hombres emprendieron la huida. Sin embargo, Cole tenía claro que su desvío para saquear la pequeña granja Shawnee les había retrasado lo suficiente como para que las huellas permanecieran. Se levantó, con la cara puesta en el oeste. Suspiró profundamente.

—Van a llegar al campamento de los rebeldes antes de que los alcancemos.

—Entonces, los hemos perdido —dijo Anderton—. No podemos entrar en el campamento, Cole. —Tiró de los botones de su camisa militar—. Nos verán a menos de doscientos metros y nos matarán.

—Sí, pero yo no voy de azul —dijo Cole sin volverse hacia los demás.

—¿Qué es lo que propones, Cole? —preguntó Campbell, su voz sonaba tensa.

Cole se dio la vuelta.

—No les pido nada, a ninguno de los dos. Se les ordenó que me acompañaran, pero aunque se quiten los uniformes, los rebeldes los descubrirán en un minuto y todo lo que hemos hecho hasta ahora no servirá para nada. Así que seguiremos un rato más, acamparemos y luego seguiré hasta donde están acampados los rebeldes. Ustedes pueden esperar a que regrese.

—¿Y si no lo haces?

Cole sonrió con pesar hacia Anderton.

—Entonces, vuelve y dile al Mayor que estoy muerto.

Los dos jóvenes soldados intercambiaron miradas de preocupación.

—Por lo que sé —dijo Cole sin reaccionar a su evidente incomodidad—, es más que probable que los rebeldes hayan seguido adelante. Por lo que me dijo el Mayor, las fuerzas rebeldes están en movimiento. Tienen un nuevo general y están llenos de renovada energía.

—Entonces, nada tiene sentido, ¿verdad? —Anderton pateó el suelo—. Me ofrecí para luchar, para mantener la Unión unida.

Creía que nuestra causa era justa, pero no estoy tan seguro después de todo lo que he experimentado hasta ahora.

Cole se encogió de hombros.

—Para mí tiene más que un sentido. Me importan un bledo los planes de Jed Stuart, o quién lucha contra quién. Todo el apestoso asunto es un lamentable lío si me preguntas. Pero, lo que Danebridge hizo en nuestro campamento, y lo que él y Cairns hicieron a esos Shawnees... No, esto ha ido más allá de las órdenes del ejército, muchachos. Voy a matarlos, a matarlos a los dos.

Un tiempo después, se detuvieron y se tumbaron en una ligera elevación. Mirando a través de sus binoculares, Cole vio largas filas de tropas confederadas marchando por el terreno. Incluso con los binoculares, las figuras no eran mucho más que pequeñas motas de polvo, pero él sabía lo que significaba. Dándose vuelta, dijo a los demás:

—Se están moviendo. No puedo ver mucha caballería, así que supongo que Stuart ya está haciendo el movimiento de flanqueo que predijimos.

—Entonces, ¿qué haremos con Cairns?

Cole devolvió los binoculares a su estuche.

—Tendré que rodear la columna, hacer todo lo posible para infiltrarme.

—Eso es un suicidio, Cole, y lo sabes —dijo Anderton.

—No tengo muchas opciones. Quiero que acampen aquí. Volveré tan pronto como pueda.

—No puedes —dijo Campbell, con algo parecido al pánico en su voz—. Por el amor de Dios, Cole, te estás arriesgando demasiado y eso es...

—Me conmueve su preocupación, amigos, de verdad, pero esto es algo que tengo que hacer, y hacerlo solo. Al menos *intentarlo*. —Se dirigió a su caballo, sujetó los lentes a su montura y montó—. Denme dos días. Si no estoy de vuelta para entonces, vuelvan al campamento y háganle saber al Mayor lo que está pasando. Es la única opción que nos queda. Los rebeldes aún están a kilómetros de distancia, y se mueven con bastante lentitud, así que incluso en dos días todos deberían estar a salvo con tiempo suficiente para prepararse.

No hubo respuesta de ninguno de los dos hombres, que miraban al joven explorador con miradas de desesperación grabadas en sus rostros. El joven les dedicó una sonrisa irónica y dio una patada a su caballo para que empezara a caminar.

No miró hacia atrás.

CAPÍTULO DIECIOCHO

A pesar de saber que las fuerzas confederadas estaban lejos, Cole cabalgó con firmeza y gran cuidado, escudriñando el terreno circundante, en busca de cualquier señal de los dos hombres que perseguía. Al hacerlo, se encontró con los inconfundibles signos de violencia. Manchas de sangre se entremezclaban con el suelo roto, la hierba y las ramas aplastadas. En una hondonada poco profunda, se encontró con el cuerpo de un soldado uniformado. Al inspeccionarlo más de cerca, Cole se fijó en la insignia, desmontó e inspeccionó el cuerpo. Evidentemente llevaba tiempo muerto, la piel ennegrecida, las moscas ya hacían un festín en la zona donde los disparos lo habían desgarrado. Al hurgar en el interior de la chaqueta del muerto, encontró unos documentos pulcramente doblados, y los leyó, hundiéndose su corazón con cada palabra.

Era el mayor Steiner, el médico que el coronel Astley había ido a buscar a Fort Nelson. Cole se balanceó sobre sus talones. Así que aquí fue donde tuvo lugar el tiroteo. Donde Astley había sido herido de muerte.

Guardó el documento en el bolsillo y se levantó. Observó los alrededores. Había algo inquietante en el lugar. Los árboles y la maleza delimitaban perfectamente el lugar donde yacía el cuerpo entre la hierba alta, pero poco podían hacer para penetrar la atmósfera de muerte que lo invadía. Había algo...

Desenfundando su revólver, se movió por la hierba. En algunas partes, le llegaba a las rodillas. Este sería un buen lugar para acechar, preparándose para emboscar a un transeúnte incauto, pensó. Se detuvo y escuchó. No había nada, extrañamente, ni siquiera el sonido tranquilizador del canto de los pájaros. Al parecer, ellos también preferían mantenerse alejados de este lugar.

Lo encontró no más de dos minutos después.

Danebridge, su cuerpo destrozado yaciendo en una actitud horrible, con una mano en forma de garra levantada, congelada en un último gesto, quizás suplicando por su vida. Cole, de pie, contemplando el sombrío espectáculo, no sintió nada más que pesar, pesar por no haber sido él quien había acabado con la vida de Danebridge. Astley lo había hecho por él, pero al menos había enviado a uno de los traidores a un ajuste de cuentas final con su creador.

Todo lo que Cole necesitaba hacer ahora era encontrar a Cairns.

Oyó a los caballos que se acercaban antes de verlos. Se movían a un ritmo tremendo, cargando contra un individuo a poca distancia delante de ellos. Sin tiempo para reaccionar, Cole giró su caballo y lo impulsó hacia un grupo de rocas y arbustos. Detrás, el chasquido de los disparos de la pistola sonó demasiado cerca, y Cole ya estaba tirándose al suelo antes de que su montura se detuviera por completo. Actuando con rapidez, sacó la carabina Luttich de su funda sujeta a la silla de montar, se arrodilló y apuntó al cañón.

Jadeó cuando vio quién era el hombre perseguido.

Lester.

Girando los hombros, Cole se acomodó en su objetivo. El grupo de jinetes que lo perseguía, algunos vestidos de gris, eran claramente tropas confederadas. Sin pensarlo dos veces, Cole derribó a uno de ellos de la silla de montar. Los demás reaccionaron al instante, frenando sus caballos, conmocionados y sorprendidos por la explosión. Dando vueltas en un frenesí de caballos chillones y tierra pateada, desmontaron, disparando salvajemente en ninguna dirección en particular.

Cole disparó a un segundo hombre y se detuvo, bajando su arma, observando cómo Lester se acercaba. Este frenó su caballo, con los ojos aterrorizados mirando a Cole.

—¿Dónde diablos has...?

—Póngase a cubierto —dijo Cole, desenfundando su Dragoon. Se puso en pie y disparó una ronda tras otra hacia los soldados enemigos que se habían desmontado a toda prisa. Retrocedió y se dejó caer detrás de una gran roca mientras Lester llevaba a su caballo a la cobertura de los árboles. Respirando con dificultad, el capitán se arrodilló junto a Cole.

—Nunca pensé que viviría para verte de nuevo, Cole.

Recargando cuidadosamente la Luttich antes de volverse hacia el Dragoon, Cole se concentró por el momento en el trabajo que tenía entre manos. Mientras introducía la pólvora, la bala y el casquete de percusión, Cole acabó por posar sus ojos en el capitán. La sangre se filtraba por debajo del puño de la chaqueta de Lester, y había sangre seca en la boca y la nariz del hombre, con los ojos ennegrecidos y la frente de un rojo intenso.

—Parece que le han dado una buena paliza, capitán.

Lester se rió sin humor.

—Podría decirse que sí.

—¿Quién lo hizo? ¿Cairns?

—¿Cómo lo sabes?

—Llámalo una suposición salvaje.

Una bala rebotó en la parte superior de la roca, obligando a ambos hombres a agacharse a pesar de que la bala rebotó en un lugar fuera de peligro.

Sacando su pistola, Lester comprobó su carga, puso el cañón sobre el borde de la roca y disparó tres veces. Varias balas se estrellaron contra la roca, levantando escamas irregulares de piedra.

—Nos tienen atrapados aquí, Cole. Tendremos que correr hacia los caballos y salir de aquí.

—Nos flanquearán —dijo Cole, de espaldas a la roca—, y nos cortarán el paso. Nunca llegaremos a los caballos.

—Entonces, ¿qué hacemos?

—¿Cuántos son?

—Ocho o nueve. Le diste a dos, así que... Escucha, ¿por qué no los alejo yendo entre los árboles? Bordearé los lados y *los* flanquearé.

—El mismo problema. Aunque te cubra, ya estarán en posición de cortarte el paso. —Se inclinó hacia su izquierda para intentar ver a los soldados enemigos. Divisó a varios, agazapados y moviéndose de cobertura en cobertura, sacó el Luttich y alcanzó a uno en el hombro justo antes de que se perdiera de vista.

—Es un arma muy bonita la que tienes ahí —dijo Lester.

—Es rusa y tiene un alcance mucho mayor que cualquier otro disponible en el campamento.

—Pero, ¿para qué la necesitas?

—No preguntes. —Cole echó otro vistazo. Las tropas enemigas se acercaban cada vez más.

—Cole —dijo Lester con voz tensa y nerviosa—, me quedan tres disparos más. No tengo más pólvora, así que no tenemos muchas opciones. Yo los guiaré. Confía en mí.

—No, eso no funcionaría. Necesito romper la cobertura, Capitán. Te daré el Luttich. Cúbreme y yo...

—¡Maldita sea, Cole, dije que yo lo haría!

Sacudiendo la cabeza, Cole torció la boca.

—Está herido, capitán, además de sufrir por la paliza. Está haciendo una demostración de valentía que a nadie le importa, pero puedo ver cuánto dolor tiene. Nunca lo logrará.

Como respuesta, Lester se pasó una mano por su rostro cetrino.

—Cairns se enteró de mi existencia casi en cuanto entró en el campamento de los rebeldes. Hasta entonces, me mezclé con ellos, los había engañado, escuchado. Sin embargo, me equivoqué al pensar que podía burlar a Cairns. Me descubrió y me siguió sin que me diera cuenta. Me agarraron mientras me relajaba en el comedor. Me llevaron ante su comandante después de darme una paliza para intentar conseguir cualquier información. Me arrojaron a uno de los establos, pensando que era incapaz de hacer mucho, pero logré liberarme... —Sacudió la cabeza—. Cairns me disparó en el brazo cuando salí corriendo del campamento. Entonces, todas las furias del infierno me pisaron los talones. No tenía ni idea de que estuvieras aquí, y ahora te he dejado caer justo en él. Lo siento, Cole. Lo siento de verdad.

—¿Está Cairns con ellos?

Una sombra oscura cubrió las facciones de Lester.

—Sí, efectivamente, el asesinato... Maldita sea, Cole, lo tengo: los planes de Jeb Stuart. Y ahora, todo lo que he conseguido averiguar se perderá por culpa de mi propia estupidez.

—Capitán, aún no hemos terminado.

—Tal vez no, pero si no le entrego los planes al Coronel, todo habrá sido en vano.

—El Coronel está muerto, Capitán. Estoy bastante seguro de que fue por culpa de Cairns, también.

Lester pareció colapsar dentro de sí mismo y se desplomó contra la roca.

—Eso es todo entonces. Estamos acabados.

—Tengo dos soldados esperándome en nuestro campamento improvisado. Si ocurre lo peor y no lo logramos, ellos avisarán a nuestros hombres. No todo habrá sido en vano.

—Y esos hombres marcharán directamente a la emboscada de Stuart.

Cole soltó un suspiro. Había llegado el momento de la acción, no de las palabras.

—Capitán, quédese aquí y cúbrame con el Luttich. —

Desenfundó su Paterson y la levantó junto con el Dragoon en sus manos—. Lo veré en breve.

Se preparó, echó un vistazo rápido por encima de la roca, maldijo y gruñó.

—Están avanzando. Es ahora o nunca.

—Maldita sea... —Lester tomó la Luttich y levantó la mira trasera. Hizo un gesto de dolor—. Mi mano... Cole, que Dios nos ayude.

—Sí. —Guiñó un ojo, se puso en pie de un salto y echó a correr.

CAPÍTULO DIECINUEVE

Los vio, quizás tres o cuatro soldados enemigos, avanzando hacia él, pero no podía permitirse el lujo de quedarse parado y disparar. Doblado, se movía a derecha e izquierda, convirtiéndose en un objetivo lo más pequeño posible. No se atrevía a detenerse. Detrás de él, Lester manejaba el Luttich lo mejor que podía, pero ni de lejos tan rápido como Cole hubiera deseado. Estaba claro que el capitán, debido a su mano herida, estaba luchando, pero no había otra opción que tomar. Si se quedaban detrás de la roca, los que los flanqueaban habrían tenido facilidad para matarlos a tiros. Así que Cole echó a correr y, al hacerlo, se dio cuenta de que el Luttich ya no le daba cobertura.

Cuando las balas empezaron a volar a su alrededor, se puso a cubierto, pensando que Lester debía de haberse quedado sin balas o que se había disparado él mismo. En cualquier caso, Cole sabía que el final estaba cerca. Avanzando entre la maleza, su único pensamiento era darse una oportunidad, por mínima que fuera, de enfrentarse a Cairns y cerrar de algún modo todo este lamentable episodio.

Una bala se estrelló en el suelo a centímetros de su cabeza. Se dio la vuelta y otra bala le chamuscó el pelo... Estaba tan cerca.

—Ríndete, Cole —llegó la voz que él conocía tan bien.

Desesperado, fue a sacar su Paterson, pero Cairns ya estaba a su lado, con su volumen bloqueando el cielo. Se reía mientras daba una patada a la mano de Cole, haciendo que su arma saliera volando.

Apretando con fuerza su propia pistola contra la frente de Cole, Cairns siseó:

—Es hora de poner fin a tu lamentable existencia, muchacho. Baja la otra pistola.

No tenía sentido resistirse, así que Cole dejó que la Dragoon cayera al suelo. Una fuerte mano lo puso en pie, y la rodilla se clavó en su ingle antes de que tuviera la oportunidad de defenderse. Se derrumbó, el dolor abrasador acompañó a la abrumadora ola de náuseas, que conquistó sus sentidos y sus fuerzas. Se revolvió gimiendo, con las manos entre las piernas, y las lágrimas al rojo vivo lo cegaron momentáneamente.

—He estado esperando esto —dijo la voz de Cairns, distante, pero lo suficientemente clara como para que Cole reconociera la alegre victoria del hombre.

Al ser puesto en pie de nuevo, Cole quedó colgado de las garras del hombre. Miró esos ojos malévolos y se maldijo por no haber encontrado la fuerza para resistirse.

—Ahora, vas a descubrir lo que es sufrir, Cole. Eres un niño insignificante, y nunca vas a ser lo suficientemente fuerte para hacer algo al respecto.

Vio el puño cerrado, la cara sonriente y burlona, la mirada de triunfo. Cerró los ojos y el puñetazo se estrelló en su mejilla, la fuerza del mismo lo lanzó hacia atrás, sus piernas ya no podían funcionar, su mente era un revoltijo de confusión, vergüenza y frustración. Golpeó fuertemente contra el suelo, el aire salió con fuerza de sus pulmones.

Se acabó. Lo sabía. A pesar del dolor y de la niebla roja que lo cegaba, era lo suficientemente consciente como para saber que ya no podía hacer nada. Cairns había ganado y la terrible comprensión de esta verdad innegable le trajo más dolor que cualquier golpe. Con sollozos desgarradores que lo envolvieron, de repente volvió a ser un adolescente asustado y vulnerable, con toda su fortaleza y determinación apagadas.

—¿Qué se siente? —vino esa voz, el tono burlón, la confianza fácil.

A pesar de todo, aspiró varias veces y se obligó a ponerse de manos y rodillas. Casi al instante, una bota se estrelló contra su costado, arrojándolo de nuevo al suelo.

—Levántate, chico, aún no he terminado contigo.

Vio la Paterson, a escasos centímetros. Si pudiera alcanzarla, tan tentadoramente cerca. Extendió los dedos sólo para que Cairns se interpusiera y pateara el arma más profundamente en la hierba.

—Ahora me estás molestando, muchacho —escupió Cairns. Pateó la Dragoon, enviándola también fuera de su alcance. Volvió a agarrar a Cole y lo puso en pie.

—No tenemos tiempo para nada de esto, Cairns —dijo alguien un poco lejos.

—Tú regresa —dijo Cairns, tomando a Cole—, voy a divertirme.

—El otro está muerto —dijo una segunda voz—. Mata a este y nos vamos.

—No. Todavía no.

Cole parpadeó entre lágrimas. Colgado del agarre de Cairn, hizo lo posible por concentrarse y no consiguió ver nada más que la sonrisa maníaca. Si tan sólo pudiera concederle unos momentos, un respiro, para poder recuperarse, entonces *lo haría* sufrir. Lucharía, como le habían enseñado, y demostraría a todos que ya no era un niño.

Pero cómo, cuando Cairns tenía toda la ventaja.

—Bueno, hazlo rápido, Cairns —dijo la primera voz—. Nos necesitan de vuelta en el campamento.

—Ah, diablos —dijo Cairns, y retiró el puño preparándose para otro golpe.

Cole no estaba muy seguro de lo que ocurrió a continuación, pero fuera lo que haya sido, le dio ese ansiado respiro.

Alguien gritó. Otro gritó. Las armas ladraron, los hombres murieron y Cairns, liberando a Cole, se alejó.

Cayendo al suelo, Cole se sentó, mirándose las piernas. Un momento, eso era todo lo que necesitaba. Un momento para llevar el oxígeno a lo más profundo de sus pulmones, para recuperar las fuerzas y para hacerle a Cairns una verdadera competencia.

—Ponte a cubierto —gritó uno de ellos.

Levantando la vista, desconcertado pero captando poco a poco los detalles de lo que estaba ocurriendo, Cole vio cómo una flecha atravesaba la garganta de un hombre, lo vio caer atragantado, chorreando sangre. Otro, abanicando su revólver, siguió el mismo camino, con dos flechas golpeando su pecho. Y entonces, como fantasmas, aparecieron, moviéndose a su alrededor. Las hachas y los cuchillos brillaron.

Estaban bajo ataque.

No tomó mucho tiempo y fue sangriento y vicioso, los indios dominaron a los aterrorizados y confundidos soldados confederados y los despacharon con gusto. Para cuando terminó, los guerreros semidesnudos y salpicados de sangre estaban como hipnotizados, con enormes ojos mirando a lo lejos, consumidos por su frenética matanza.

Su líder dio un paso adelante. Cairns, que hasta entonces había permanecido indemne, cayó de rodillas y se puso a gemir como un animal herido. Con las manos juntas frente a él, suplicó por su vida.

Cole, consiguiendo ponerse en pie por fin, se pasó una mano temblorosa por la cara magullada y forzó una sonrisa.

—No puedes creer lo bueno que es verte —dijo.

Cairns, saliendo de su terror, movió la cabeza hacia el joven explorador.

—¿Conoces a estos salvajes?

Cole lo ignoró y abrazó al líder Shawnee.

Alejándose, el guerrero jefe se puso serio.

—Vinieron a nuestro campamento —comenzó, incapaz de evitar el temblor de su voz—. Vinieron cuando nos habíamos ido, deambulando para cazar, y mataron a nuestras mujeres y nuestros hijos.

—Lo sé. —Cole agachó la cabeza, incapaz de encontrar la mirada del jefe—. Los he enterrado. Espero haberles dado el honor que merecen.

—Eres un buen hombre —dijo el Shawnee, con los ojos humedecidos por las lágrimas. Volvió su mirada hacia Cairns—. Su muerte será lenta y dolorosa.

—¡Ah, Dios, *no*! —gritó Cairns, poniéndose en pie—. Cole, por piedad, si los conoces, diles que me lleven a tu campamento y me juzguen.

—Parece que ya has sido juzgado, Cairns. Y, encontrado culpable.

—Maldito miserable —escupió Cairns—. Eres un cobarde y un débil. Te mataría ahora si pudiera, con mis propias manos. Mírate, golpeado, llorando como una niña. Eres patético.

Inspirando profundamente, Cole estudió sus manos, dándoles la vuelta lentamente. El temblor disminuyó.

—Creo que me has roto una costilla, Cairns. Por lo menos, me la has magullado mucho. Y, mi mandíbula... —Se frotó la barbilla y de repente soltó una carcajada—. Pero, por Dios, no me avergonzará un asesino de mujeres y niños. —Miró al Shawnee—. Esto no llevará mucho tiempo.

Los demás guerreros, que murmuraban entre ellos, formaron un pequeño círculo mientras Cole se quitaba la camisa. Estudió la vívida mancha roja y púrpura que se estaba formando en su costado derecho.

—Muy bien, Cairns, vamos a ello.

—¿Qué? ¿Así que, después de que te haya dado una paliza, tus amigos me colgarán? —Se burló, carraspeó y escupió—. No, gracias.

—No lo harán. —Cole buscó la afirmación del jefe Shawnee, que asintió una vez—. Si me ganas, puedes volver a tu campamento.

—No te creo. Vencerte será lo más fácil que he hecho nunca.

—Vamos a ver, ¿de acuerdo? —Cole se alejó unos pasos hacia su izquierda, levantando las manos, con las palmas hacia afuera —. Esta vez, estaré listo para ti, perro traicionero.

Riendo a carcajadas, Cairns se puso en cuclillas. Su cojera apenas se notaba y no le hacía perder maniobrabilidad mientras apretaba los puños y cargaba.

Cole esperó. Antes de su entrenamiento, podría haber entrado en pánico, reaccionando demasiado pronto, propinando golpes salvajes y amplios que hubiesen servido más para agotarse a sí mismo que para causar daño a cualquier oponente. Ahora, cuando Cairns se acercaba, Cole esquivó y se movió, y el puño izquierdo golpeó a Cairns en la nuca, la rodilla balanceando hacia arriba, echó la cabeza del hombre hacia atrás. Un derechazo en las tripas dobló a Cairns, y una izquierda corta y afilada le atravesó la mandíbula. Cuando empezó a caer, la derecha de Cole volvió a oscilar hacia arriba. Se movió, bailó, lanzó ganchos, a veces al cuerpo, a veces a la cara. Cairns, salpicado de sangre, respirando con dificultad y gritando de frustración, era fuerte. No cayó. Cualquiera de los golpes de Cole habría hecho caer a un oponente menor. No a Cairns. Se recompuso y volvió a atacar. Sus golpes oscilaban, pero sólo daban en el aire, y mientras Cole seguía lanzando sus puños, la acumulación de tantos golpes le pasaba factura.

Pero también a Cole le resultaba difícil. Cada golpe que le lanzaban le exigía demasiado. La paliza que había recibido antes, y el mero esfuerzo físico y la determinación de esquivar y desviarse, le quitaban fuerzas. Se estaba cansando, y Cairns, sintiendo el cambio, se preparó.

De repente, las tornas cambiaron. Cairns cargó a baja altura, con la cabeza gacha, y se abalanzó sobre el vientre de Cole con la fuerza de un toro enfurecido. Una ráfaga de aire salió de la boca del joven explorador y éste se dobló. Una izquierda larga y perezosa se estrelló contra su mandíbula y lo tiró al suelo.

Se quedó tumbado, tragando aire de repuesto, desesperado por recomponerse.

Cairns, debilitado más allá de lo que jamás había experimentado, no podía hacer otra cosa que permanecer de pie y observar. La sangre goteaba del entramado de heridas de su cara. Se introdujo suavemente un dedo índice en la boca, explorando sus dientes.

—Me has roto un poco, Cole —dijo a través de unos labios tan hinchados que sus palabras sonaban distorsionadas—, y ahora, voy a romperte a ti.

Dio un paso y gritó. La vieja herida, en el lugar donde Cole le había disparado un tiempo atrás, aprovechó ese momento para reaparecer, y se tambaleó, agachándose para agarrarse donde la bala había penetrado. Cayendo, con la respiración entrecortada, su cara hinchada y ensangrentada se torció de agonía.

Cole aprovechó su oportunidad.

A pesar de su propio estado de debilidad, se puso en pie, apretando y soltando los puños rojos de tanto golpear la dura mandíbula de Cairn, y lanzó una potente patada que golpeó a Cairns bajo la barbilla, lanzándolo hacia atrás.

Cole se abalanzó y lanzó varios puñetazos más hasta que la cara de Cairn se pareció a algo así como a una calabaza rota y demasiado madura.

A punto de asestar un último y devastador golpe, el jefe Shawnee lo agarró del brazo y lo retuvo.

—Suficiente, amigo mío —dijo—. Te has probado a ti mismo en esta pelea.

Cole, sabiendo el sentido de tal afirmación, se relajó y se alejó. Observó cómo los indios cargaban a Cairns sobre el lomo de un caballo y se preparaban para seguir adelante.

— No tenemos adónde ir más que a la reserva —dijo el jefe,

con el rostro marcado por la desesperación—. Dudo que nos volvamos a encontrar.

—Siempre recordaré tu amabilidad.

—Y yo también guardaré tu amistad para siempre en mi corazón.

Se alejaron en silencio, el único sonido era el patético murmullo de Cairns suplicando que lo dejaran ir, que Cole le ayudara, lo mucho que lo sentía, cómo sabía ahora que el joven explorador había demostrado ser el mejor hombre.

Cole se quedó rígido, endureciéndose, decidido a no interferir. Fuera lo que fuera lo que los Shawnee tenían reservado para Cairns, iba a ser mucho peor que colgarlo de una cuerda del ejército.

Volvió a caminar hasta donde encontró a Lester. Cerca, había varios cadáveres de soldados confederados, un testimonio de la lucha que el inglés había dado antes de ser asesinado. Al arrodillarse junto a él, Cole encontró un papel enrollado en el puño del hombre. Al tomarlo y leerlo, descubrió que era el apresurado esquema del plan que Lester había desenterrado en el campamento, en el que se detallaba, aunque brevemente, la estrategia de Jeb Stuart.

Tras descansar y beber de su cantimplora, Cole se encontró mucho después con los dos jóvenes soldados que habían esperado obedientemente su regreso. Estaban llenos de preguntas pero, tras echar un vistazo a la expresión de Cole, decidieron guardar silencio.

Y, fue en silencio que cabalgaron de vuelta al campamento de la Unión, donde Cole se dirigió al Mayor Knowles y, sin una palabra, colocó el plan de Lester en el escritorio del oficial. Y, fue en silencio que Cole se retiró al barracón, se estiró y durmió durante el resto de ese día y la mayor parte del siguiente.

Se despertó, renovado, lleno de una nueva determinación. Los horrores de los últimos meses los almacenaría, no para olvidarlos, sino para aprender a vivir con ellos. Puso todas sus energías en su vida como explorador del ejército, armándose de valor, concentrándose en sus deberes, volviéndose decidido en su búsqueda para ser el rastreador más ingenioso y exitoso que existía. La guerra lo ayudaría, lo moldearía y le permitiría desarrollar todos los talentos que pudiera necesitar, ahora y por el resto de su vida.

CAPÍTULO VEINTE

Cole dirigió una patrulla en el desierto. Las noticias de los asaltos a las granjas de la periferia causaban una gran preocupación. Sin embargo, su presa se mostró esquiva, y con gran reticencia regresó al fuerte. A su regreso, se enteró de la batalla de Antietam y de las terribles pérdidas de vidas que causó esa batalla. Pasó varios días sin hacer nada mientras llegaban más y más informes. Parecía que todos sus esfuerzos por llevar a Cairns ante la justicia y devolver los planes de Lester habían sido en vano. El Ejército del Potomac se lamía las heridas, pero la victoria general estaba muy lejos.

Entonces, llegó la mañana en la que todos los soldados estaban reunidos en el patio de armas, con los estandartes de batalla desplegados y los oficiales vestidos de gala. Cole se quedó un poco apartado, el aire frío le atravesaba la ropa. El invierno se hacía sentir.

El mayor Knowles alzó la voz para leer la carta que tenía en sus manos. Lincoln lo había hecho, como muchos siempre creyeron que lo haría. Su Proclamación de Emancipación tocó la fibra sensible de todos aquellos que creían que la guerra se libraba por algo más que la continuidad de la Unión: se trataba de la decencia común y del indudable derecho de todos los seres humanos a ser libres.

Más tarde, mientras se sentaban a beber en la cantina del campamento, Cole fue llamado a los aposentos del comandante.

—Cole —dijo Knowles, masticando un cigarro, de espaldas al explorador mientras Cole esperaba inmóvil—, te enviaré afuera de nuevo. —Se volvió. Su rostro era firme, la boca una fina línea —. Otra familia ha sido atacada. Padres e hijos asesinados, hijas llevadas a Dios sabe qué destino. Parece que esperaron tu regreso antes de lanzar este asalto.

—Eso significa que nos tenían bajo observación, señor.

—O, que alguien les había contado sobre tus movimientos.

Parpadeando, Cole se balanceó ligeramente sobre sus talones.

—¿Un informante, señor? ¿Aquí en el campamento? Pensé que nos habíamos librado de todos ellos. Después de Cairns...

—En efecto. Pero, parece que todavía tenemos rebeldes infiltrados entre nosotros. Están alimentando al enemigo con información, tal vez con la creencia errónea de que la Confederación puede ganar esta guerra.

—Tras el resultado inconcluso de la batalla de Antietam, quizá esa creencia tenga más seguidores que antes.

Frunciendo el ceño, Knowles se dirigió a su escritorio.

—Ayer se descubrió un cuerpo. Asesinado. El autor había degollado al hombre y escondido el cuerpo bajo una montaña de paja en uno de los graneros de heno.

Estas revelaciones tardaron un momento en asimilarse, y Cole, luchando por darles sentido, sacudió la cabeza, buscó una silla y se sentó. Casi inmediatamente, se dio cuenta de que lo había hecho sin pedir permiso y fue a levantarse, soltando:

—Disculpe, mayor, yo...

—Descansa, Cole —dijo Knowles mientras bajaba a la silla frente al explorador—. Esto ha sido un shock para todos nosotros.

—Pero, ¿quién fue, señor? ¿Una disputa de borrachos quizás?

Aun así, es raro que nuestros chicos ajusten cuentas con la hoja de un cuchillo.

—Fue una pelea de borrachos, Cole. Fue el cabo Simmonds. ¿Lo conoces? Era un US Marshall a finales de los años 50 en uno de esos pueblos duros de Kansas. Fue por sus calificaciones que lo elegí para investigar.

—¿Investigar? ¿La identidad del espía, quiere usted decir?

Knowles gruñó y asintió.

—Parece que era demasiado bueno en su trabajo. Quienquiera que él haya desenmascarado lo silenció para siempre.

—Entonces, me encargaré de descubrirlo. Cabalgaré, investigaré lo ocurrido en el último ataque a la granja, y luego volveré para ver si puedo descubrir a quien es el que está dando a los saqueadores la información que necesitan.

Sin mediar palabra, Knowles se dio la vuelta y abrió la puerta de una gran vitrina. Seleccionó una botella y dos vasos.

—¿Bebes, Cole?

Reajustándose en la silla, Cole se aclaró la garganta un poco cohibido:

—No, señor. No.

—Hombre sabio —dijo Knowles, y se sirvió una generosa medida—. Esto es coñac francés. El mejor que existe. Me aporta tranquilidad. —Sonrió, levantó la copa y se bebió el contenido de un trago. Con los ojos cerrados, deleitándose con los efectos del alcohol, respiró—: Muy bien.

—Me voy enseguida —dijo Cole, poniéndose en pie. Saludó, se dio la vuelta y se fue. Sólo cuando estuvo de nuevo en el exterior se detuvo, respiró con fuerza y soltó un largo y estremecedor suspiro. Estaba seguro de que la bebida del comandante sería su muerte.

Casi tenía razón.

CAPÍTULO VEINTIUNO

Resultó sorprendentemente fácil seguir las huellas. Quizá demasiado fácil. Los tres hombres elegidos de su escuadrón masticaban hierba, respiraban con dificultad y esperaban con una clara falta de paciencia mientras Cole, de rodillas, estudiaba el terreno.

—Cole, están cerca —dijo uno de los hombres, cruzando la pierna para descansar detrás del pomo de la silla de montar mientras se liaba un cigarrillo—. Todo lo que tenemos que hacer es girar amplio y rápido, llegar a ellos desde el flanco, y volarlos al infierno.

—Así es, Cole —dijo otro—. ¿Qué demonios estamos esperando?

—Navidad —dijo el tercero, y todos se rieron.

Levantándose, Cole fijó su mirada en el lejano horizonte.

—Algo no está bien.

—Ah, maldita sea, Cole —dijo el del cigarrillo. Lo encendió, aspiró una bocanada de humo—, es tan fácil como fácil es.

—Eso es todo, Todd —dijo Cole, cruzando hacia su caballo. Sacó cuidadosamente el Luttich de la vaina—. Las huellas son demasiado claras. Casi como si hubieran sido puestas aquí deliberadamente para...

—¿Para qué? —Todd se rió para sí mismo y soltó un largo hilo de humo—. Llevas demasiado tiempo solo, Cole. Tienes miedo de tu propia sombra.

Le siguió otro coro de risas. Ignorándolas, Cole señaló hacia una línea de árboles.

—Nos dirigiremos hacia allí, acamparemos y estableceremos un anillo defensivo. Luego, vigilamos hasta que...

—Tenemos horas hasta la puesta de sol —dijo el segundo explorador—. Creo que deberíamos desplegarnos en una línea, buscar huellas y movernos muy despacio hasta dar con ellos.

—O, simplemente nos desviamos hacia la granja que esos bastardos incendiaron —intervino el tercero—. De cualquier manera, es mejor que esconderse en algún lugar como un grupo de perritos de la pradera.

—Tiene razón —dijo Todd—. Las peleas sólo se ganan si nos enfrentamos al enemigo, Cole. Deberías saberlo.

—¿Aunque no podamos ver a nuestro enemigo?

—Cierra la boca, Cole —escupió el tercer explorador—, me ofrecí para perseguir a los carroñeros rebeldes, no para sentarme sobre mi culo gordo y peludo a esperar que vengan a llamar. —Sacó su pistola y comprobó la carga—. ¡Cabalguemos hasta la granja, sigamos su rastro, y golpeémoslos hasta el infierno y de vuelta!

Los demás gritaron y vitorearon, dando vuelta a sus monturas para mirar hacia el este.

—¿Vienes, Cole?

—No, no lo haré, Staines, y si quieres mi consejo, tú tampoco lo harás. —Pateó el suelo—. Todo esto es demasiado fácil...

—Vamos —dijo Staines—. Nos veremos al regreso.

—Nunca te tomé por miedoso, Cole.

Cole lanzó una mirada peligrosa al segundo explorador.

—Vigila tu boca, Davies. Te estás metiendo en un buen lío. Si tienes sentido común, harás lo que te digo y no caerás a ciegas en lo que claramente es una trampa.

Davies sonrió, dio una patada a su caballo y se marchó al

galope, con Todd y Staines cayendo rápidamente detrás de él. Cole se quedó observándolos hasta que no fueron más que una mancha de polvo en la distancia. Luego, exhalando su aliento, condujo su caballo hacia los árboles y buscó un lugar para acomodarse y esperar.

———

El alcance efectivo de la carabina Luttich, según le habían informado, era de unos seiscientos pasos. Algunos informes, mencionados por las tropas británicas durante la guerra de Crimea, hablaban de más de mil. Cole no podía confiar en esta última cifra, así que cuando los jinetes aparecieron por primera vez, esperó pacientemente, levantando la mira trasera y calibrándola a quinientos. Tenía que hacer que cada disparo contara.

Eran cinco. Debe haber sido como él sospechaba. Los rebeldes habían esperado en la granja y habían tendido una emboscada a Todd y a los demás utilizando el falso rastro como señuelo. ¿Por qué los otros no habían aceptado sus palabras? ¿Por qué habían discutido con tanta vehemencia contra el sentido lógico? Si se hubieran visto obligados a hacerlo, a obedecer órdenes, el resultado habría sido mucho mejor. Pero entonces, Cole no podía ordenar a nadie. No tenía la autoridad, ni el rango. Era como ellos, un soldado raso. Lo más bajo de lo bajo. Algo tendría que cambiar si quería continuar en este papel.

Miró a través de la mira. Los jinetes estaban todavía un poco fuera de alcance. Se volvió y sacó los binoculares alemanes que tanto apreciaba. Ajustando los lentes, los jinetes aparecieron perfectamente enfocados.

Aspiró, incapaz de creer lo que veía.

—No puede ser —se dijo. Se puso en pie, recogió apresuradamente sus pocas pertenencias, montó y condujo cautelosamente su caballo lejos de la pradera, abriéndose paso entre los árboles. En cuanto se vio libre de ellos, puso su caballo al galope y corrió de vuelta al fuerte.

Lo que había visto le impactó más allá de lo imaginable. Pero ahora, armado con este escalofriante conocimiento, tenía que decírselo a Knowles lo antes posible. El infiltrado, el espía, el *traidor* ahora expuesto podría ser llevado a la justicia por fin.

CAPÍTULO VEINTIDÓS

Cuando Cole regresó, había una gran confusión en el fuerte, los hombres corrían de un lado a otro como si estuvieran buscando algo frenéticamente. Muchos gritos, ladridos de los sargentos dando órdenes. Cole vio a un ordenanza desaliñado que salía de la oficina de telégrafos con una hoja de papel en la mano, con los ojos clavados en ella como si nada tuviera sentido. Se detuvo bruscamente frente a Cole y balbuceó:

—El ejército ha retrocedido. McClellan está siendo reemplazado. Querido Dios Todopoderoso, es un caos. ¿Qué pasa con el Mayor y todo eso? Esto es un desastre... —Siguió su camino, subiendo las escaleras de los aposentos del comandante. Cole lo observó y, más confundido que nunca, se quedó aturdido y sin palabras en el patio de armas.

—¿Cole? —llegó una voz, áspera, profunda, que no se podía ignorar—. Cole, ¿eres tú?

Al girarse, Cole se alegró de ver la forma grande y fiable del sargento Burnside que se dirigía hacia él.

—Me alegro de verte después de tanto tiempo —dijo el joven explorador.

—¿Los encontraste, Cole? ¿Encontraste a los asaltantes?

—Lo hice, en efecto. Y, además, mucho más. Tengo que presentarme ante el Mayor Knowles e informarle de...

—Algo terrible ha sucedido.

—¿Terrible? —Cole miró de nuevo hacia los aposentos del comandante, los hombres que entraban y salían, el estado confuso y agitado de todos los presentes.

—El Mayor Knowles fue encontrado muerto esta mañana.

Retrocediendo, como si le hubiera golpeado un gran peso en el pecho, Cole se atragantó y le costó respirar. Balbuceó:

—Yo... no entiendo. ¿Muerto? ¿Fue, fue *él*...? Maldita sea... ¿Fue la bebida la que lo mató?

—¿La bebida? ¡Qué demonios! ¡No! Fue asesinado, Cole. Alguien puso un cuchillo en su garganta. No sólo una vez. Tal vez estaba borracho cuando ocurrió, porque no parece haber señales de lucha. De todos modos, el teniente Pace es ahora el comandante en funciones ya que nadie, ni siquiera su esposa, puede encontrar la cabeza ni la cola del capitán Randall. Puede que haya...

—Sargento. —Cole sacó las manos y agarró a Burnside por las solapas—. De eso quería hablar con el Mayor. Nos atrajeron a una trampa. Los asaltantes, creo, emboscaron y mataron al resto del grupo. No quisieron escucharme y cabalgaron directamente hacia ella...

—Cole —dijo Burnside señalando con la cabeza las manos de Cole que sostenían su chaqueta. Al darse cuenta de lo que estaba haciendo, Cole jadeó y dejó caer las manos, murmurando sus disculpas—. Dímelo otra vez, hijo. Los otros de tu escuadrón. ¿Están muertos?

—Supongo que sí. No vi nada de eso. Se marcharon tras un rastro que habíamos encontrado. Pero, esta es la verdad, Sargento. Ese rastro, fue hecho deliberadamente para atraernos a esa emboscada. Intenté decírselos, intenté hacerles entrar en razón, pero no me escucharon. Se marcharon y eso fue lo último que vi de ellos.

—Pero, no puedes estar seguro de que estén muertos, Cole. ¿Cómo podrías...?

—Estoy llegando a eso, Sargento. Me quedé atrás porque sabía que... De cualquier manera, lo siguiente es que esos asaltantes se abalanzaron sobre mí como una jauría de perros salvajes. Disparé a un par de ellos con mi Luttich, pero tenía que salir de allí antes de que me abordaran. Me libré de ellos y conseguí volver aquí. —Los ojos de Cole se humedecieron y no pudo evitar pasarse el dorso de una mano por la cara—. Uno de ellos, sargento, el que iba en cabeza... Era el capitán Randall.

—*¿Randall?* ¿Estás seguro?

—Tan seguro como que estoy aquí de pie.

—Pero... ¿pero cómo puede ser eso? Creo que tenemos que... —Burnside se dio la vuelta, alzó la voz y ladró hacia un grupo de soldados que merodeaban fuera de los aposentos del mayor Knowles—. ¡Soldado! Vaya a buscar al teniente Pace y dígale que...

—Está dentro, sargento.

—Maldito sea todo... —Burnside aspiró un enorme aliento—. Tenemos que informar al Teniente. Querrá escuchar lo que tienes que decir.

Menos de un cuarto de hora más tarde, el teniente Pace, tras alejar a Cole y Burnside del clamor que rodeaba el cuartel del comandante, escuchaba atentamente el relato de lo sucedido con Cole y su persecución por parte de Randall y los asaltantes. Permaneció en silencio, con las manos en las caderas, mascando un trozo de tabaco, mirando al suelo. En cuanto Cole terminó su relato, Pace escupió una larga línea de jugo marrón, se reajustó los pantalones y miró al joven explorador.

—Todo eso es muy interesante... Cole, ¿verdad?

El explorador asintió con la cabeza y sintió el primer cosquilleo en la nuca.

—Entonces, ¿dónde están?

Cole frunció el ceño, confundido por esta pregunta.

—¿Dónde está quién, señor?

—¿Los asaltantes que dices que te atacaron? ¿Qué les pasó?

Cole lanzó una rápida mirada de desconcierto hacia Burnside antes de volver a la penetrante mirada del teniente.

—Como le dije, señor, los perdí en el bosque antes de...

—Sí, antes de que volvieras aquí para informarnos de este curioso giro de los acontecimientos.

—¿Curioso? ¡Señor, el capitán Randall estaba confabulado con los asaltantes! Así es como sabían qué granjas atacar, cuáles no estaban defendidas o visitadas por nuestros hombres.

—¿Y el Mayor?

—¿Señor? No entiendo muy bien...

—Fue asesinado, Cole. ¿Cómo se explica eso? Si el Capitán era parte de este grupo de asalto, entonces ¿quién mató al Mayor Knowles? ¿Otro infiltrado? ¿O *la Sra.* Randall, tal vez?

—Señor, nunca creería que la Sra. Ra...

—No, por supuesto que no. El asesinato del Mayor fue brutal y violento. Ninguna mujer, desde luego no una de la buena reputación de la señora Randall, podría haber blandido un cuchillo con una ferocidad tan incontenible. —Pace negó con la cabeza—. Sólo tenemos tu palabra de lo que nos ha dicho, Cole. Afortunadamente, para ti, todos los demás están desaparecidos y se les da por muertos.

Cole se quedó con la boca abierta.

—Señor, no puede estar acusándome de...

—No te estoy acusando de nada, Cole. Todavía no. Sargento, ordene a algunos hombres que escolten a Cole a la cárcel del fuerte donde esperará hasta que mis investigaciones estén completas.

Cole tartamudeó:

—Pero, señor, lo que le he dicho es la verdad, y si hay otro infiltrado en el campamento, tenemos que encontrarlo.

—En efecto, tenemos que, Cole. Sargento, lleve a este explorador a la cárcel.

CAPÍTULO VEINTITRÉS

Despojaron a Cole de sus pistolas, su cuchillo y su cinturón antes de conducirlo sin contemplaciones a la cárcel. Más de cien rostros acusadores se volvieron hacia él y lo observaron mientras, junto con su escolta, cruzaba el patio de armas. Cole no se atrevió a recibir ninguna de las miradas. Todas estaban llenas de sospecha, incluso de odio. Su corazón se hundió y una terrible y oscura nube se posó sobre él. Incluso cuando el sólido sonido de la puerta de la cárcel cerrándose tras él le hizo saltar, no pudo reunir fuerzas para hablar. Todo estaba fuera de control, un loco caleidoscopio de emociones mezcladas, desconcierto y preguntas mal pensadas que se arremolinaban en su cerebro. No podía entender lo que estaba pasando, ni por qué. Nadie le creía, ni siquiera Burnside. Desesperado, se dejó caer en su litera y, con la cara entre las manos, luchó por calmar sus nervios.

Cansado como un perro, se durmió. Pero, apenas se le cerraron los ojos, la puerta principal de la cárcel se abrió de golpe y se incorporó, con el corazón palpitando, vivo de miedo.

Burnside, tan grande que parecía llenar la habitación, hizo un gesto al guardia para que abriera la celda.

—Es tu día de suerte, Cole —espetó el sargento cuando la puerta de hierro se abrió. Cole se quedó parado, confuso y preocupado, estrujando sus manos, sin saber si debía dar un paso adelante o no.

—No lo entiendo.

—Ya lo verás. Ven conmigo.

Cole no tardó en encontrarse de pie en uno de los barracones, observando a un individuo desaliñado, cubierto de sudor y sangre, cuyas manos temblaban incontrolablemente. Levantó la vista y jadeó al reconocer al joven explorador.

—Oh, mi buen Dios todopoderoso —dijo, con la voz quebrada por la emoción. Se esforzó por ponerse en pie.

—¿Staines? —Cole apenas podía creerlo. Sin pensarlo, tomó en brazos a su antiguo compañero destrozado y lo abrazó mientras el hombre se derrumbaba y lloraba.

—Llegó esta mañana a lomos de una vieja mula averiada —explicó Burnside—. Nadie lo reconoció al principio, pero diablos, aquí está... El soldado Joshua Staines, y parece como si hubiera estado en el infierno y regresado. Seguro que tiene fiebre.

Asintiendo, Cole ayudó a bajar al hombre a la litera una vez más. Se puso de rodillas y esperó a que Staines se recuperara.

—Ha estado murmurando que le tendieron una emboscada, que los otros murieron, que se hizo el muerto antes de encontrar esa vieja mula y llegar hasta aquí. Lo que dice, respalda tu historia, Cole.

—¿Se lo has dicho al teniente Pace?

Una mirada oscura se apoderó del corpulento.

—El teniente ha abandonado el fuerte, Cole. Fui a informarle de la llegada de Staines y encontré sus aposentos vacíos. Hablé con los centinelas y me dijeron que el teniente salió temprano, tal vez una hora después de que Staines apareciera.

Sacudiendo la cabeza, Cole se volvió de nuevo hacia Staines.

—Josh, ¿puedes decirme qué pasó?

—Nosotros... Cole, deberíamos haberte escuchado. Lo que dijiste sobre las señales, lo dijiste con mucho sentido común. Si Davies hubiera... —Respiró entrecortadamente.

—No te preocupes por lo que debería o no debería haber pasado. Lo hecho, hecho está, Josh. Sólo cuéntalo.

—Entramos a caballo, pensando en pillarlos desprevenidos, ¡pero fueron ellos los que nos sorprendieron a nosotros! Encontramos la cabaña, la pequeña granja, vacía. No había nadie. Y, mientras buscábamos, se nos vinieron encima como fantasmas... Te digo que ni siquiera los oímos hasta que Todd recibió el primer disparo en la cabeza. Lo intentamos, hicimos lo que pudimos, vaciamos nuestras pistolas en ellos, pero seguían viniendo... Y Cole, uno de ellos era el Capitán. —Miró a Burnside—. El capitán Randall. Parecía ser el que estaba al mando. Fue el que le disparó a Davies. Luego, yo recibí esto en mi brazo. —Giró su brazo derecho para mostrar cómo la sangre había empapado su manga—. No deja de sangrar. He intentado vendarla, pero creo que no lo he hecho bien.

—Haremos que te la revisen —dijo Cole, apretando la mano buena de Staines—. Lo has hecho bien, Josh. Me has sacado del apuro.

—Me alegro de ello, Cole. Deberíamos haber seguido lo que dijiste, pero no lo hicimos, y ahora todos estamos muertos.

—Tú no, Josh. Haremos que te curen, así que no te preocupes.

—Me hice el muerto, Cole. Era lo único que podía hacer. Recibí una bala en el brazo. La fuerza de la misma me tiró al suelo, y pensé por qué no quedarme aquí y esperar a que pasara todo. Así que lo hice, y cuando se fueron, me vine para acá. Sé que fue cobarde de mi parte, pero había visto morir a los otros y no quería ser parte de eso, Cole. Ninguna parte en absoluto.

Staines volvió a derrumbarse, esta vez, el sollozo era tan total que nada de lo que hiciera Cole hacía que se calmara. Después de varios momentos, de mala gana, Cole se puso de pie y asintió a Burnside.

—Iré tras Pace. Traerlo de regreso. Debe enfrentarse a la justicia.

—¿Crees que es el infiltrado?

—Tiene que serlo. También creo que fue él quien asesinó al Mayor. En la confusión, él asumiendo el mando, sólo podemos adivinar cuál pudo ser su siguiente movimiento.

—No puedes salir por tu cuenta, Cole. Es un suicidio.

—Sargento, ya he sido responsable de la muerte de demasiados hombres buenos. Esta vez, depende de mí.

—No puedo dejar que hagas eso, hijo. Llévate a Arnoldson. Es fiel y confiable y un gran soldado. Le ordenaré que vaya al establo donde podrá encontrar dos caballos frescos.

—Está bien, pero haga que se mueva rápido, me iré dentro de media hora.

Algo no estaba bien.

De pie frente a la puerta principal de la residencia de la señora Randall, esperando que respondiera a sus golpes, Cole, tras acercar el oído a la madera para escuchar, dio un paso atrás y sacó su pistola. ¿Había huido, en efecto, junto con Pace, para reunirse con su marido? ¿Formaba parte de la red de espías enemigos que estaban haciendo todo lo posible para socavar y debilitar la guarnición del fuerte y dejarla abierta al ataque? Recordó su reacción ante la muerte de Penny y su familia. Seguramente, la señora Randall no podría haber fingido semejante efusión de dolor.

Recordar a Penny lo detuvo por un momento. Su hermoso rostro surgió de los rincones de su memoria. Asesinada. ¿De cuántas muertes era él responsable? ¿Cuántas más antes de que la cuenta creciera tanto que le diera la espalda a este espantoso asunto, volviera al rancho de su padre, se convirtiera en vaquero y viviera una vida sin matar?

Recuperándose, apartó esos pensamientos, tomó aire y dio una patada a la puerta, astillando las bisagras del marco sin problemas. El sonido resonó con fuerza en la pequeña casa, pero no hubo respuesta del interior. Cole entró en la casa.

Esperó, conteniendo la respiración, esforzándose por

escuchar. Notó el frío del pasillo, la oscuridad. El silencio era tangible. Tan despacio como pudo, avanzó poco a poco.

El pequeño salón donde la señora Randall le había dado la bienvenida en lo que a Cole le parecía una vida atrás, parecía ordenado, con pocas señales de que hubiera ocurrido algo. Siguió adelante, se detuvo frente al dormitorio y llamó a la puerta con suavidad.

Abrió la puerta con facilidad y se situó en el umbral, montando el martillo de su pistola. Un hilillo de sudor resbalaba por su frente.

Miró hacia adentro y no pudo evitar gritar.

Burnside bajó el escalón y se sentó junto a Cole.

—Esto es peor de lo que podría haber imaginado.

—Esta gente, los que hicieron esto. —Cole sacudió la cabeza hacia la dirección de la entrada abierta—. Son monstruos, sargento. ¿Por qué la matarían así?

—¿Tal vez porque estaba a punto de contarnos sus planes? ¿Quién sabe? Me pareció una mujer buena y honesta. Pero entonces, —Trazó una línea irregular en la tierra con la punta de su bota—, también lo era su marido. Estos rebeldes son audaces, calculadores y...

—Despiadados.

—Sí, eso también.

—Es mi culpa. Si no hubiera venido a llamar, si no le hubiera preguntado por Penny, entonces nada de esto...

—Nada de esto es culpa tuya, hijo —dijo Burnside, poniendo su mano en el hombro del joven explorador.

—¿De quién es la culpa, entonces? ¿Me va usted a decir que eso es lo que pasa durante la guerra, que mueren inocentes, que se olvida la humanidad y la decencia común? ¿Es eso?

—Más o menos.

—No me lo creo. Cada persona tiene opciones. Eso no desaparece simplemente, encerrado en una caja y con la llave tirada. Todos sabemos lo que está bien y lo que está mal. Lo que ha ocurrido aquí está mal, con o sin guerra. La Sra. Randall, Penny, su familia, todos esos granjeros, no había razón para que murieran.

Apretando un dedo y el pulgar en los ojos, esperó a que se le pasara el enfado.

Una sombra cayó sobre él y un par de botas incrustadas de polvo entraron en su línea de visión. Levantó la vista. Un soldado rudo estaba allí, con los ojos mirando a Cole y a Burnside. Se puso rígido y saludó:

—Disculpe, sargento...

—¿Qué pasa, hijo?

El soldado raso hizo una mueca.

—Siento informarle señor Burnside, señor, pero...

—Todavía me llamas sargento, hijo. Sé que soy el rango más alto que queda en este lugar, pero aun así...

—Sí, señor, quiero decir *Sargento*. Es el Sr. Staines, señor.

Cole levantó la cabeza.

—¿Staines? ¿Qué pasa con él?

—Es, este, su brazo, como verá. El señor Shipman, el asistente médico, hizo lo que pudo, pero parece... —Tragó con fuerza.

—Sácalo, hijo —dijo Burnside, con voz fría.

—Su herida se había gangrenado, dijo el Sr. Shipman, y no había nada que pudiera hacer más que cortárselo.

—Dios mío —murmuró Cole, y dejó caer su rostro una vez más.

Burnside aspiró un poco.

—Esto nunca termina. ¿Cómo está él, hijo?

—Bueno, eso es todo, Sr. Burnside. Él no.

—¿No? ¿No qué?

—Nada, sargento. El Sr. Shipman hizo lo que pudo, pero el pobre hombre no pudo soportarlo. Murió, Sargento, allí mismo en la mesa de operaciones. Su corazón, supongo. Se rindió.

Sin mediar palabra, Cole se levantó. Saludó con la cabeza al soldado antes de dirigir su mirada a las puertas abiertas del fuerte. Junto a ellas, podía distinguir la imponente figura de Arnoldson de pie con dos caballos.

—Me pondré en marcha, sargento. No quiero quedarme aquí más tiempo.

—Cole, tráelo vivo. —Apretó los labios—. Si puedes.

—Sí. Si puedo.

CAPÍTULO VEINTICUATRO

Cole estaba tumbado, Arnoldson cerca, los caballos a cierta distancia, mordisqueando mechones de hierba de la pradera. Estaban soplando, el implacable impulso de Cole los llevaba al punto de colapso. Pero ahora todo estaba en calma. El rastro era fácil de encontrar. Pace, ansioso por poner toda la distancia posible entre él y el fuerte, había montado irreflexivamente su caballo a través de las llanuras onduladas, pisoteando un sendero entre la hierba, una señal direccional inconfundible que cualquiera podía seguir.

—No le darás desde aquí —gruñó Arnoldson. Estaba mirando a través de los binoculares de de Cole.

—Esto tiene un alcance de mil —dijo Cole, ajustando la mira calibrada del Luttich—. Vamos a ver.

Contuvo la respiración. Apuntó.

El único disparo sonó en la pradera, rompiendo la quietud, haciendo que los caballos gritaran y patearan de miedo.

Arnoldson dejó escapar un largo suspiro, bajó las gafas y dijo:

—¿Y ahora qué?

Cole se sentó.

—Yo diría que rastreemos a Randall. Pace debe haber estado

dirigiéndose hacia él, probablemente en algún punto de encuentro.

—Estarán esperando.

—En la misma granja donde mataron a Todd y Davies, no me extrañaría.

—Entonces, ¿conoces el camino?

Cole asintió.

—Seguiremos nuestro camino hacia allá, y si están allí, nos encontraremos con ellos por la noche.

—¿Y, Pace? ¿Qué hacemos con él?

Cole no miró al enorme sargento, el hombre que tanto le había enseñado.

—¿Coyotes, buitres? Todos ellos necesitan un buen desayuno, ¿no cree?

—Nunca pensé que te volverías tan frío. Has cambiado mucho desde que me arrojaste al suelo.

—Supongo que sí. —Se dedicó a recargar metódicamente la carabina.

—Su caballo, lo recogeremos y lo llevaremos con nosotros.

—Hazlo tú. Yo iré hacia la granja. Iré al paso, así que no tendrás problemas para seguirme.

Acamparon sin hacer fuego. En la ligera hondonada se alzaba la granja. En cualquier otro momento, la vista habría sido acogedora, el humo saliendo suavemente de la chimenea, un acogedor resplandor anaranjado filtrándose por las ventanas. Sin embargo, Cole sabía la verdad de lo que le esperaba dentro.

—Entramos con fuerza —dijo Cole—. Te colocas en la retaguardia y disparas a cualquiera que consiga salir. Si ves a Randall, córtalo. Es mío.

—Cole, esto no es lo que Burnside quería. Llevarlos vivos de vuelta es lo que dijo.

—Si no te gusta esto, Arnoldson, espera aquí. Antes dijiste que había cambiado. Pues bien, maldita sea, lo he hecho. ¿Esa gente allí dentro? Asesinaron a Penny. Y Randall, mató a su propia esposa. No voy a perdonar nada de eso, ¿me oyes? Los voy a poner bajo tierra y eso es todo.

Arnoldson no respondió. En su lugar, sacó su pistola y, junto con Cole, atravesó el espacio abierto. Guiados por la luz encendida de la granja, su aproximación fue bastante sencilla y, mientras Arnoldson se deslizaba hacia la parte trasera del edificio, Cole se situó a dos docenas de pasos más o menos de la puerta principal. Esperó, se acercó la Luttich al hombro y disparó una bala a través de la ventana abierta. Luego dejó la carabina a un lado.

A partir de ese momento se desató el infierno, con varias voces aterrorizadas gritando desde el interior. Dos hombres irrumpieron en la puerta, vestidos con ropa interior mugrienta, con las armas desenfundadas.

Cole también tenía sus dos armas listas.

Derribó a esos dos hombres, haciendo que uno de ellos volviera a entrar.

Esprintando hacia delante, Cole atravesó la puerta de un tirón. Observó la confusión a su alrededor. Había tres de ellos en varias etapas de desnudez, luchando por encontrar armas de fuego. Otro abrió la puerta trasera y salió corriendo. Cole oyó el satisfactorio rugido de la gran Colt Walker de Arnoldson haciendo saltar al asaltante por los aires.

Cole disparó a dos de los otros desde donde estaba arrodillado, y luego se detuvo cuando sus ojos se posaron en Randall.

Hasta ese momento, Cole sólo había visto a Randall de lejos y nunca había hablado con él. Pero ahora, aquí estaba, un hombre bajito, de rostro profundamente marcado, con un gran bigote de manillar y el pelo engominado hacia atrás y largo.

—Tú... —murmuró Randall.

—Mataste a tu propia esposa —dijo Cole entre dientes apretados.

—No era una esposa para mí —dijo el ex capitán y fue por su pistola.

Cole continuó disparando hasta que los martillos cayeron sobre los cilindros vacíos y Randall quedó inmóvil, con el pecho perforado por los agujeros de los disparos, la sangre filtrándose por el suelo de madera.

Entrando por la puerta trasera a toda prisa, Arnoldson soltó un fuerte suspiro.

—Dios mío...

—Incendiaremos el lugar —dijo Cole, enfundando sus armas —. No queremos que este infeliz lugar siga siendo un centro de actividad de los rebeldes.

Gruñendo, Arnoldson accedió y se dedicó a preparar los diversos palos de los muebles en montones desordenados. Tomó el aceite de la lámpara y colocó trozos de tela empapados estratégicamente aquí y allá.

—¿Los cuerpos?

Cole sacudió la cabeza y se dio la vuelta.

—Simplemente quema todo el apestoso lote.

Burnside encontró a Cole de pie, con la cabeza inclinada, frente a la tumba de Penny. El sol había salido, ahuyentando el frío de la mañana. Cole lo reconoció y, juntos, se alejaron del pequeño cementerio hacia el fuerte.

—El ejército se está reposicionando —dijo Burnside—. Mi tocayo ha reemplazado a McClellan. General de División Burnside. —Se rió—. Sin relación, siento añadir.

En el fuerte, Burnside se detuvo.

—Yo mismo estoy siendo ascendido. Subteniente. Es todo un honor. Mi buena esposa está tan feliz como un ponche y ya está decidiendo qué vajilla nueva comprar para que podamos entretenernos.

—Felicidades.

Metió la mano en su chaqueta y sacó un sobre.

—Espero que puedas coser, Cole.

—¿Coser? ¿Qué quieres decir?

Burnside le entregó el sobre. Cole lo abrió y suspiró.

—No quiero esto.

—No es sólo un reconocimiento a tu valentía, Cole, es más bien una garantía contra cualquier cuestionamiento futuro de tus decisiones. Como siempre has dicho, si esos hombres hubieran obedecido tus órdenes, bien podrían estar vivos.

—Pero, puede que no hayamos descubierto quién estaba conspirando contra nosotros.

—En cualquier caso, Cole, ahora eres un cabo. Así que hazte coser esos galones y preséntate ante mí en cuanto termines. Tienes trabajo que hacer.

Burnside saludó y Cole lo devolvió, aunque no levantó la cabeza. Mientras el teniente recién ascendido se alejaba, Cole acarició los galones de cabo y se preguntó qué pensaría su madre. Ella estaría orgullosa, él lo sabía. Sin embargo, para él mismo, la idea lo llenaba de temor.

Final de la segunda parte

La carabina Luttich era un fusil de percusión ruso, copiado en 1843 del fusil británico Brunswick. Utilizada ampliamente en la guerra de Crimea, se convirtió en la perdición de las tropas británicas debido a su gran alcance. Su mira trasera está graduada hasta 1200 pasos, una distancia notable para un arma de esta época. Por lo tanto, no es inconcebible que, en manos de un francotirador entrenado, pueda dar en el blanco a mil pasos, que es exactamente lo que hizo Cole cuando hizo volar a Pace en esta historia.

Querido lector,

Esperamos que hayas disfrutado leyendo *Días En El Ejército*. Tómese un momento para dejar una reseña, incluso si es breve. Tu opinión es importante para nosotros.

Atentamente,

Stuart G. Yates y el equipo de Next Chapter

Nací en el Wirral, vivo en España por el momento, pero mi sueño es jubilarme (jaja, ¿qué es eso? ¿Retirarme?) Y vivir en un barco angosto a lo largo de una de las muchas vías fluviales alrededor de la frontera con Gales. Eso sería emocionante, creo. Una vida al aire libre, tranquila, relajada, con mucho tiempo para escribir. He hecho muchas cosas en mi vida y ahora trabajo como maestro, una profesión en la que he estado durante casi 25 años, pero escribir es mi primer amor.

Días En El Ejército
ISBN: 978-4-82414-277-1

Publicado por
Next Chapter
2-5-6 SANNO
SANNO BRIDGE
143-0023 Ota-Ku, Tokyo
+818035793528

16 abril 2022